Sarah
TOSSA

Œuvres&thèmes
CLASSIQUES HATIER

Jean Giraudoux

La guerre de Troie n'aura pas lieu

Groupement de textes

Hélène et Andromaque au cœur de la guerre de Troie

Homère, Ronsard, Racine, Gandon

Et un dossier Histoire des arts

La guerre de Troie à travers les arts

ISBN 978-2-218-99138-7
ISBN 01840851

Ariane Carrère,
certifiée de lettres modernes

Hatier

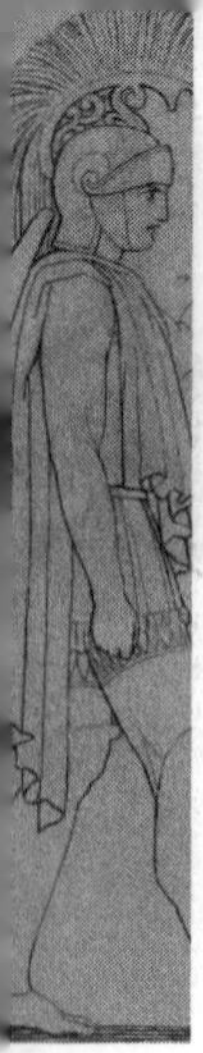

SOMMAIRE

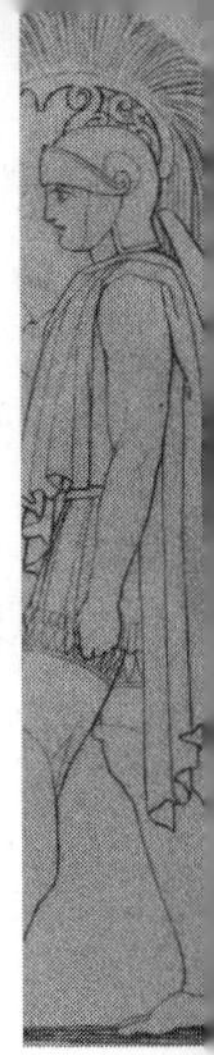

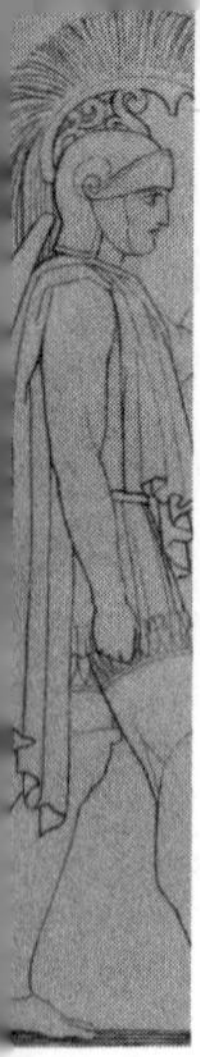

Le contexte historique

- En Italie, Mussolini impose le **régime fasciste** dès 1922. En Allemagne, Hitler établit en 1933 une **dictature antisémite et xénophobe** qui conduira au génocide de plus de 6 millions de juifs et tziganes dans des camps d'extermination.
- L'année 1939 marque le début de la **Seconde Guerre mondiale**. L'Allemagne envahit la Pologne, puis la France, la Belgique et les Pays-Bas.
- En France, le 18 juin 1940, **de Gaulle** appelle les Français à **résister**. Une minorité le rejoint à Londres. D'autres s'engagent clandestinement à l'intérieur du pays, fédérés par Jean Moulin.

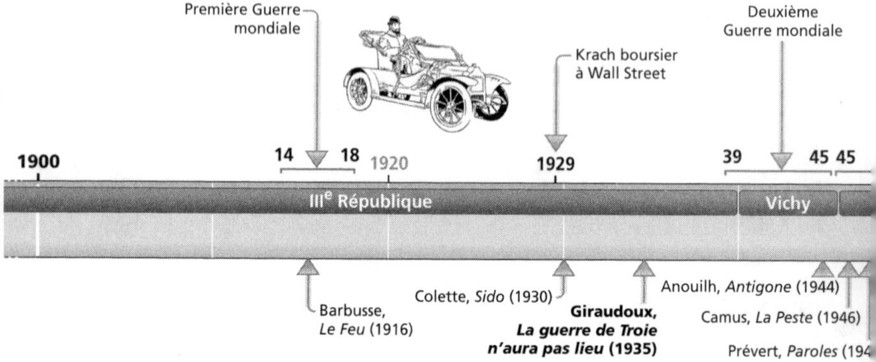

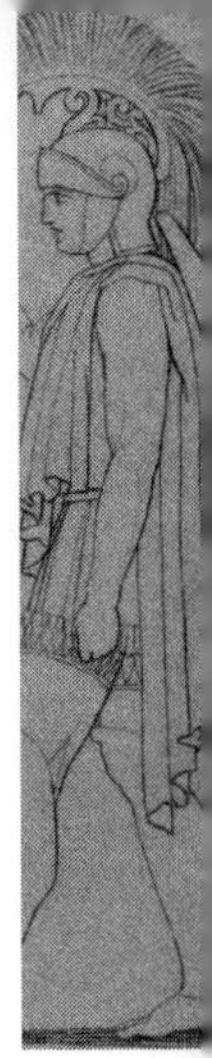

Le contexte culturel

- Dès les années 1920, le **surréalisme**, défini par A. Breton, laisse le champ libre à l'inconscient. Écrivains et peintres associent images et symboles inattendus.
- Certains artistes se tournent vers les **mythes antiques** pour traduire les **angoisses** d'une génération marquée par la guerre (Cocteau avec *La Machine infernale*, Giraudoux avec *La guerre de Troie n'aura pas lieu*, Anouilh avec *Antigone*…).
- En **Allemagne**, les œuvres juives et les arts dits « dégénérés » (comme le jazz) sont interdits dès 1933.
- En **France**, les livres contraires aux idées nazies sont interdits à partir de 1940. De nombreux artistes cessent d'exercer leur art, s'exilent ou s'engagent dans la Résistance.

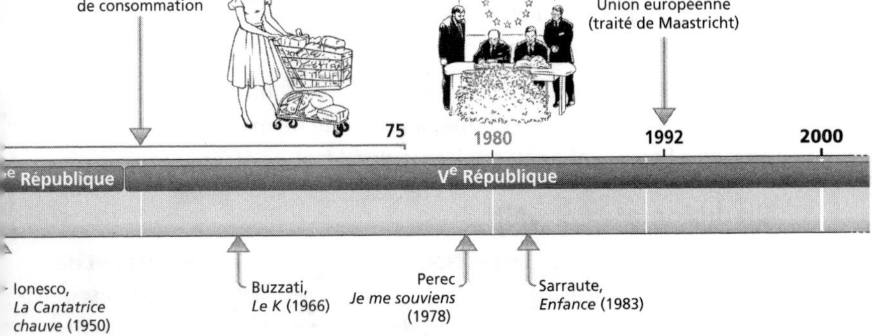

Jean Giraudoux (1882-1944)

Les années de formation

Jean Giraudoux en 1934.

► Jean Giraudoux est né à Bellac, au cœur du Limousin, dans une famille d'origine modeste. Brillant élève, il se passionne pour la **culture classique** qui inspirera en partie son théâtre. En 1903 il est reçu à l'École normale supérieure à Paris et s'oriente vers des **études germaniques**, sa seconde passion.

► Après un séjour en Allemagne et aux États-Unis, il revient à Paris où il commence à fréquenter écrivains et journalistes. Il réussit en 1910 le concours des Affaires étrangères et entreprend alors une **carrière de diplomate**.

L'expérience de la guerre

► **Mobilisé en 1914**, il est blessé à deux reprises, en 1914 puis en 1915. **L'épreuve de la guerre** lui inspirera le personnage d'**Hector**, dans *La guerre de Troie n'aura pas lieu* : un guerrier qui n'aime plus se battre.

► Démobilisé en 1919, il épouse en 1921 Suzanne Boland dont il a eu un fils en 1919 puis occupe, à partir de ce moment, différents postes à l'étranger et au ministère des Affaires étrangères.

Un diplomate écrivain

► Dès lors, Giraudoux se consacre à sa double **vie d'écrivain et de haut fonctionnaire**. Il publie des romans, parmi lesquels *Suzanne et le Pacifique* en 1921 (après un naufrage, Suzanne se retrouve seule

sur une île : à son retour, elle porte un autre regard sur le monde et a appris à se redécouvrir…) ; *Siegfried et le Limousin* en 1922 (un soldat, ramassé par les Allemands sur le champ de bataille, amnésique et sans identité puis rééduqué sous le nom de Siegfried, se trouve être français…) ; *Juliette au pays des hommes* en 1924 (avant d'épouser Gérard, Juliette veut revoir tous les garçons qu'elle a connus et dont elle a rêvé depuis son adolescence) ; *Bella* en 1926 (Bella et Philippe veulent se marier mais ils appartiennent à des familles politiques opposées…).

Les **personnages de Giraudoux**, souvent des jeunes femmes, sont en quête d'existence et errent entre le réel et un monde idéal baigné de **fantaisie**.

► En 1926, Giraudoux rencontre le metteur en scène **Louis Jouvet** ; cette rencontre, déterminante, l'oriente **vers le théâtre**. Il écrit et fait jouer *Siegfried* (1928), pièce adaptée de son roman *Siegfried et le Limousin*, *Amphitryon 38* (1929), *Intermezzo* (1933). En 1935, face à la montée des périls en Europe, il compose ***La guerre de Troie n'aura pas lieu***. En 1937, ce sera *Électre* puis *Ondine* en 1939.

Les dernières années

► En 1939, Giraudoux se voit confier la direction du Commissariat à l'information, instance chargée de contrôler l'information et de diffuser des messages de propagande pro-gouvernementale. Mais après l'arrivée au pouvoir du maréchal Pétain en 1940, Giraudoux se retire des affaires publiques. Il se consacre, pendant l'Occupation, à des **œuvres de tonalité plus amère** comme *Sodome et Gomorrhe* en 1943, tragédie biblique fondée sur l'échec du couple.

► Giraudoux **meurt le 31 janvier 1944** sans avoir pu terminer ses deux dernières pièces : *La Folle de Chaillot* (une excentrique parisienne tente de neutraliser des escrocs) qui sera créée en 1945 par Louis Jouvet, et *Pour Lucrèce* (inspirée de l'histoire de l'héroïne romaine qui s'est tuée après avoir été violée).

La guerre de Troie n'aura pas lieu

Les sources

► Giraudoux s'est inspiré de la légende de la guerre de Troie et de l'*Iliade* d'Homère.

► **Les origines de la guerre de Troie** remontent au **jugement de Pâris**. Selon la légende, les trois déesses, Héra, épouse de Zeus, Athéna, déesse de la guerre et Aphrodite, déesse de l'Amour se disputaient une pomme d'or qui devait revenir à la plus belle d'entre elles. **Pâris**, fils du roi de Troie Priam, fut chargé par Zeus de les départager.
Chacune des déesses lui proposa une récompense, s'il la choisissait : **Héra** lui promit le pouvoir sur la terre entière, **Athéna**, la victoire dans tous les combats et **Aphrodite**, l'amour de la plus belle

Le Cheval de Troie, gravure sur cuivre de Giovanni Battista Fontana, fin du XVIe siècle.

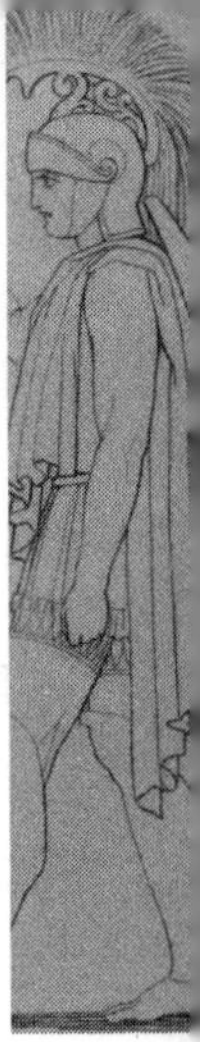

femme du monde. Pâris déclara que la pomme revenait à Aphrodite. Il se rendit à Sparte, en Grèce, où vivait la belle Hélène, **épouse du roi Ménélas.** Il séduisit la jeune femme et, profitant de l'absence de son mari, l'emmena à Troie.

► **Agamemnon, frère de Ménélas**, mena une expédition contre Troie. Après dix ans de siège, et la mort du chef troyen Hector, tué par Achille, les Grecs réussirent à prendre la citadelle, grâce à la **ruse d'Ulysse**, qui introduisit dans la cité un cheval de bois, empli de guerriers. La ville fut détruite ; Priam et Pâris, père et frère d'Hector, périrent. Andromaque et Hécube furent emmenées en Grèce comme captives ; quant à Hélène, elle retourna à Sparte vivre avec Ménélas.

► **Dans l'*Iliade***, Homère ne raconte pas les dix années du siège de Troie, mais seulement un bref épisode, la **colère d'Achille**. Achille, valeureux guerrier grec, mécontent de s'être vu enlever une captive par Agamemnon, refuse de prendre part dorénavant au siège. Il ne revient au combat que pour venger son ami Patrocle en tuant Hector, l'époux d'Andromaque, le plus brave des Troyens. L'*Iliade* se termine sur les funérailles d'Hector.

Le mythe antique revisité

► Bercé de culture classique, Jean Giraudoux se plaît à revisiter les mythes antiques, comme l'ont fait **Jean Cocteau** (*Antigone*, 1922 ; *La Machine infernale*, 1934) et **Jean Anouilh** (*Antigone*, 1944).

► La mythologie grecque lui inspire trois pièces : ***Amphitryon 38*** (Jupiter prend l'apparence d'Amphitryon pour séduire Alcmène, son épouse fidèle), ***La guerre de Troie n'aura pas lieu*** et ***Électre*** (Électre, assoiffée d'absolu, décide de faire périr Égisthe, le meurtrier de son père Agamemnon, elle ne lui laisse pas le temps de sauver la cité menacée par une armée ennemie et cela, même s'il promet de se rendre, une fois le danger écarté).

Ces mythes fournissent des sujets dans lesquels le public retrouve, **transposés dans l'Antiquité**, des **problèmes qui renvoient à l'actualité**. Ainsi *La guerre de Troie n'aura pas lieu* trouve ses sources dans l'**actualité immédiate des années 1930** et marque l'inquiétude de l'auteur, diplomate de carrière, devant la montée du péril nazi.

► Giraudoux, en choisissant de situer l'action de la pièce **avant les événements racontés dans l'*Iliade***, décrit les moments qui précèdent la guerre entre les Troyens et les Grecs : « C'est la guerre telle qu'elle se prépare… c'est l'heure qui précède une déclaration de guerre… » dit-il au cours d'une interview donnée à *L'Écho de Paris* du 6 novembre 1935 et, dans *Le Figaro* du 21 novembre 1935, il ajoute à propos de ses personnages : « Je les prends avant qu'ils soient entrés dans la légende, alors qu'ils sont encore "inemployés", que **personne n'a parlé d'eux, même pas Homère.** »

► **Avec l'arrivée d'Hitler** au pouvoir en 1933, l'assassinat du chancelier Dolfuss en Autriche en 1934 et l'invasion de l'Éthiopie par l'Italie fasciste en 1935, Giraudoux perçoit les dangers que ces événements font peser sur une **paix fragile**.
La guerre de Troie n'aura pas lieu devient alors prétexte à **dénoncer le danger imminent d'une nouvelle guerre**. Giraudoux insère aussi des allusions à la guerre de 1914-1918 et à la politique menée ensuite.

► Le public ne s'y trompe pas puisque la pièce, mise en scène pour la première fois au théâtre de l'Athénée par Louis Jouvet le 22 novembre 1935, **connaît un grand succès**.

La guerre de Troie n'aura pas lieu

Jacques Louis David (1748-1825), *Les Amours de Pâris et d'Hélène*, 1788, huile sur toile, 146 x 181 cm, Paris, musée du Louvre.

Les personnages

Andromaque
Cassandre
Hector
Pâris
Priam
Hécube
Démokos
La Petite Polyxène
Le Géomètre
Hélène
La Paix
Le jeune Troïlus
Abnéos
Busiris
Oiax
Anchise
Le Gabier
Olpidès
Iris
Ulysse
Servantes
Messagers
Gardes
Quelques vieillards
Les notables
Les Troyens
Les Troyennes

Terrasse d'un rempart dominé par une terrasse et dominant d'autres remparts.

Scène première

ANDROMAQUE, CASSANDRE, UNE JEUNE SERVANTE

ANDROMAQUE. – La guerre de Troie n'aura pas lieu, Cassandre[1] !

CASSANDRE. – Je te tiens un pari[2], Andromaque.

ANDROMAQUE. – Cet envoyé des Grecs a raison. On va bien le recevoir. On va bien lui envelopper sa petite Hélène[3], et on la lui rendra.

CASSANDRE. – On va le recevoir grossièrement. On ne lui rendra pas Hélène. Et la guerre de Troie aura lieu.

ANDROMAQUE. – Oui, si Hector[4] n'était pas là !... Mais il arrive, Cassandre, il arrive ! Tu entends assez ses trompettes... En cette minute, il entre dans la ville, victorieux. Je pense qu'il aura son mot à dire. Quand il est parti, voilà trois mois, il m'a juré que cette guerre était la dernière[5].

---

1. **Cassandre :** fille de Priam, roi de Troie, et d'Hécube, sœur d'Hector et de Pâris ; elle reçoit d'Apollon le don de prophétie mais comme elle se refuse au dieu, ce dernier la condamne à ce que personne ne croie jamais ses prédictions.
2. **Je te tiens un pari :** je fais un pari avec toi ; Andromaque : épouse d'Hector.
3. **Hélène :** princesse grecque, épouse de Ménélas, roi de Sparte. Pâris la voit à la cour de Sparte, l'enlève et la ramène à Troie, ce qui déclenche la guerre entre les Grecs et Troie.
4. **Hector :** prince troyen, fils aîné de Priam et chef des armées.
5. **La dernière :** allusion à la Première Guerre mondiale souvent qualifiée de « der des ders ».

CASSANDRE. – C'était la dernière. La suivante l'attend.

ANDROMAQUE. – Cela ne te fatigue pas de ne voir et de ne prévoir que l'effroyable[6] ?

CASSANDRE. – Je ne vois rien, Andromaque. Je ne prévois rien. Je tiens seulement compte de deux bêtises, celle des hommes et celle des éléments.

ANDROMAQUE. – Pourquoi la guerre aurait-elle lieu ? Pâris[7] ne tient plus à Hélène. Hélène ne tient plus à Pâris.

CASSANDRE. – Il s'agit bien d'eux !

ANDROMAQUE. – Il s'agit de quoi ?

CASSANDRE. – Pâris ne tient plus à Hélène ! Hélène ne tient plus à Pâris ! Tu as vu le destin s'intéresser à des phrases négatives ?

ANDROMAQUE. – Je ne sais pas ce qu'est le destin.

CASSANDRE. – Je vais te le dire. C'est simplement la forme accélérée du temps. C'est épouvantable.

ANDROMAQUE. – Je ne comprends pas les abstractions[8].

CASSANDRE. – À ton aise. Ayons recours aux métaphores[9]. Figure-toi un tigre. Tu la comprends, celle-là ? C'est la métaphore pour jeunes filles. Un tigre qui dort.

ANDROMAQUE. – Laisse-le dormir.

CASSANDRE. – Je ne demande pas mieux. Mais ce sont les affirmations qui l'arrachent à son sommeil. Depuis quelque temps, Troie en est pleine.

---

6. **Ne prévoir que l'effroyable :** Cassandre ne prédit que des événements funestes ; ainsi elle avait prédit que Pâris enlèverait Hélène et provoquerait la guerre de Troie.
7. **Pâris :** fils cadet de Priam, il est choisi comme arbitre par Athéna, Aphrodite et Héra qui lui demandent de les départager en déterminant laquelle est la plus belle. Il nomme Aphrodite qui lui promet, s'il la choisit, l'amour de la plus belle femme du monde.
8. **Abstractions :** idées abstraites, concepts.
9. **Métaphore :** figure de rhétorique.

ANDROMAQUE. – Pleine de quoi ?

CASSANDRE. – De ces phrases qui affirment que le monde et la direction du monde appartiennent aux hommes en général, et aux Troyens ou Troyennes en particulier...

ANDROMAQUE. – Je ne te comprends pas.

CASSANDRE. – Hector en cette heure rentre dans Troie ?

ANDROMAQUE. – Oui. Hector en cette heure revient à sa femme.

CASSANDRE. – Cette femme d'Hector va avoir un enfant[10] ?

ANDROMAQUE. – Oui, je vais avoir un enfant.

CASSANDRE. – Ce ne sont pas des affirmations, tout cela ?

ANDROMAQUE. – Ne me fais pas peur, Cassandre.

UNE JEUNE SERVANTE, *qui passe avec du linge.* – Quel beau jour, maîtresse !

CASSANDRE. – Ah ! oui ? Tu trouves ?

LA JEUNE SERVANTE, *qui sort.* – Troie touche aujourd'hui son plus beau jour de printemps.

CASSANDRE. – Jusqu'au lavoir[11] qui affirme !

ANDROMAQUE. – Oh ! justement, Cassandre ! Comment peux-tu parler de guerre en un jour pareil ? Le bonheur tombe sur le monde !

CASSANDRE. – Une vraie neige.

ANDROMAQUE. – La beauté aussi. Vois ce soleil. Il s'amasse plus de nacre[12] sur les faubourgs de Troie qu'au fond des mers. De toute maison de pêcheur, de tout arbre sort le murmure des coquillages. Si jamais il y a eu une chance

10. Un enfant : il s'agit d'Astyanax.
11. Lavoir : les femmes qui lavent leur linge au lavoir.
12. Nacre : substance à reflets irisés qu'on trouve dans la coquille de certains mollusques.

de voir les hommes trouver un moyen pour vivre en paix, c'est aujourd'hui... Et pour qu'ils soient modestes... Et pour qu'ils soient immortels...

CASSANDRE. – Oui, les paralytiques qu'on a traînés devant les portes se sentent immortels.

ANDROMAQUE. – Et pour qu'ils soient bons !... Vois ce cavalier de l'avant-garde se baisser sur l'étrier pour caresser un chat dans ce créneau[13]... Nous sommes peut-être aussi au premier jour de l'entente entre l'homme et les bêtes.

CASSANDRE. – Tu parles trop. Le destin s'agite, Andromaque !

ANDROMAQUE. – Il s'agite dans les filles qui n'ont pas de mari. Je ne te crois pas.

CASSANDRE. – Tu as tort. Ah ! Hector rentre dans la gloire chez sa femme adorée !... Il ouvre un œil... Ah ! Les hémiplégiques[14] se croient immortels sur leurs petits bancs !... Il s'étire... Ah ! Il est aujourd'hui une chance pour que la paix s'installe sur le monde !... Il se pourlèche[15]... Et Andromaque va avoir un fils ! Et les cuirassiers[16] se baissent maintenant sur l'étrier pour caresser les matous dans les créneaux !... Il se met en marche !

ANDROMAQUE. – Tais-toi !

CASSANDRE. – Et il monte sans bruit les escaliers du palais. Il pousse du mufle[17] les portes... Le voilà... Le voilà...

---

13. **Créneau :** ouverture pratiquée dans le mur d'une fortification pour tirer sur l'assaillant.
14. **Hémiplégiques :** paralysés d'une moitié du corps.
15. **Se pourlèche :** se passe la langue sur les lèvres en signe de contentement.
16. **Cuirassiers :** cavalier protégé par une cuirasse.
17. **Mufle :** extrémité du museau de certains mammifères.

LA VOIX D'HECTOR. – Andromaque !
ANDROMAQUE. – Tu mens !... C'est Hector !
CASSANDRE. – Qui t'a dit autre chose ?

PREMIER ACTE

Scène deuxième

ANDROMAQUE, CASSANDRE, HECTOR

ANDROMAQUE. – Hector !
HECTOR. – Andromaque !... *(Ils s'étreignent.)* À toi aussi bonjour, Cassandre ! Appelle-moi Pâris, veux-tu. Le plus vite possible. *(Cassandre s'attarde.)* Tu as quelque chose à me dire ?
ANDROMAQUE. – Ne l'écoute pas !... Quelque catastrophe !
HECTOR. – Parle !
CASSANDRE. – Ta femme porte un enfant.

QUESTIONS SUR L'ACTE I, SCÈNES 1 ET 2

AI-JE BIEN LU ?

1 Dans quelle ville l'action se déroule-t-elle ? À quelle époque ?
2 Dans quel but les Grecs ont-ils décidé d'envoyer un ambassadeur à Troie ?
3 Sur quel point Cassandre et Andromaque sont-elles en désaccord ?
4 Qui est Hector ? D'où revient-il ?
5 Quelle annonce Cassandre fait-elle à Hector ?

J'ANALYSE LE TEXTE

L'exposition

Les premières scènes d'une pièce de théâtre doivent fournir au spectateur les éléments nécessaires à la compréhension de l'intrigue. C'est ce que l'on appelle l'**exposition**.

6 Qu'apprend le spectateur :
a. sur l'époque de l'action : à quel moment l'action a-t-elle lieu par rapport à la guerre de Troie ?
b. sur le cadre : où les personnages se trouvent-ils précisément ? Appuyez-vous sur la didascalie (indication scénique) initiale.
c. sur la situation : que s'est-il passé avant le début de la pièce ?
d. sur Hector et Andromaque : quel sentiment profond éprouvent-ils l'un pour l'autre ? Relevez-en des exemples.
e. sur Hector : quelle image Andromaque donne-t-elle de lui (l. 9-14) ? Envisage-t-il de se battre encore ?
f. sur Hélène et Pâris : s'aiment-ils toujours ?
g. sur Cassandre : quelle prédiction fait-elle ?

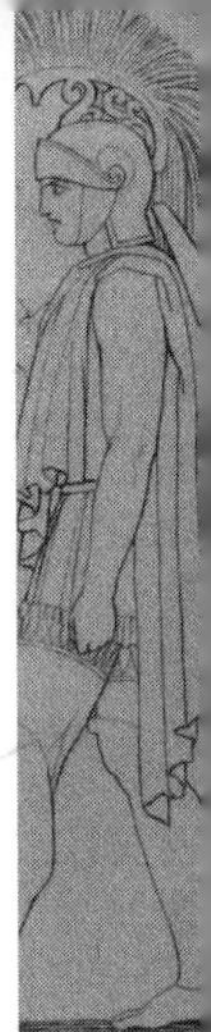

Le thème du destin

Le titre de la pièce

7 **a.** Sur quelle affirmation le titre et la première phrase de la pièce reposent-ils ?
b. Le spectateur peut-il croire à cette affirmation, autrement dit peut-il penser que le destin peut ne pas s'accomplir ?
c. Si le spectateur connaît déjà le dénouement de l'histoire, quelles seront ses attentes concernant la pièce de Giraudoux ?

Une définition du destin

> La **métaphore** est une figure de style qui consiste à rapprocher deux éléments, le comparé et le comparant, pour souligner leur ressemblance sans avoir recours à un outil de comparaison.
> La **métaphore filée** est un procédé qui permet de développer et de poursuivre une métaphore sur plusieurs lignes.

8 Quelle définition Cassandre donne-t-elle du destin (l. 29-30) ? Comment la comprenez-vous ?

9 **a.** Quelle métaphore Cassandre emploie-t-elle ensuite pour décrire le destin ?
b. Quels mots permettent de filer la métaphore (l. 79-89) ?

10 **a.** « Il ouvre un œil » (l. 80), « il se pourlèche » (l. 83) : le sujet « il » peut renvoyer à trois noms. Lesquels ?
b. Quelle ambiguïté Cassandre se plaît-elle à créer ?

11 **a.** « Tu mens !... C'est Hector » (l. 91) : qu'a compris Andromaque ?
b. Suite à la réponse de Cassandre (l. 92), quel malaise Andromaque et le spectateur peuvent-ils ressentir à l'arrivée d'Hector ?

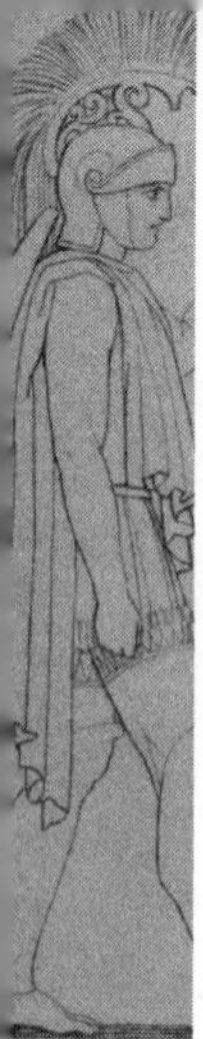

Le débat entre Cassandre et Andromaque

12 **a.** Quelle position Cassandre soutient-elle (l. 7-8) ?
b. Pourquoi le futur donne-t-il à la phrase une résonance tragique ?

13 Pour quelles différentes raisons Andromaque pense-t-elle que la guerre ne peut pas éclater ?

14 Quels arguments Cassandre lui oppose-t-elle ? Montrez, en citant des exemples, qu'elle utilise l'ironie.

15 Analysez les réactions d'Andromaque face aux prophéties de Cassandre. Pour cela, complétez le tableau en citant le texte.

Réactions d'Andromaque	Citations
Nie l'éventualité de la guerre	
S'agace	
Raisonne	
Avoue son incompréhension	
Commence à avoir peur	
Se ressaisit, évoque la beauté du monde	
Refuse de croire Cassandre et la provoque	
Face à Hector, témoigne de sa peur	

L'écriture de Giraudoux : le niveau de langage

16 **a.** Identifiez le niveau de langage lignes 5-6. Est-ce celui auquel on s'attend dans une tragédie ?
b. Quel effet peut produire ce niveau de langage ?

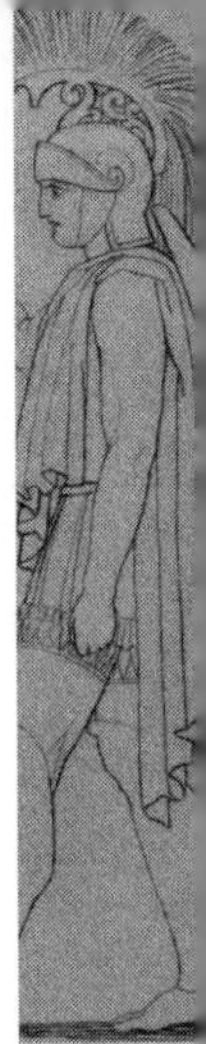

J'ÉTUDIE LA LANGUE

Grammaire : les valeurs du futur

Le futur peut exprimer :
– une action à venir, dont la réalisation est considérée comme certaine (valeur la plus fréquente). Ex : *J'arriverai ce soir.*
– un ordre ou un conseil. Ex : *Tu n'oublieras pas tes clés.*
– une promesse. Ex : *Je ne le ferai plus !*
– une prédiction, une supposition. Ex : *Il fera sans doute beau demain.*

17 Indiquez les valeurs des verbes au futur : action à venir, supposition, ordre, promesse.
a. Je ne ferai plus jamais la guerre. **b.** La guerre de Troie aura lieu. **c.** Pâris, tu rendras Hélène aux Grecs dès ce soir. **d.** Je vais avoir un enfant : ce sera sans doute un garçon.

Vocabulaire : autour du mot « destin »

18 « Je ne sais pas ce qu'est le destin » (l. 28).
Expliquez les expressions suivantes. Vous pouvez prendre appui sur des exemples.
a. connaître un destin exceptionnel. **b.** forcer le destin. **c.** prendre son destin en main. **d.** croire au destin. **e.** un signe du destin. **f.** prédire le destin de quelqu'un. **g.** avoir un destin tout tracé.

Vocabulaire : autour du mot « pari »

19 « Je te tiens un pari, Andromaque » (l. 3).
Donnez le sens des expressions formées à partir du mot « pari ».
a. lancer un pari. **b.** relever un pari. **c.** un pari dangereux. **d.** un pari audacieux. **e.** l'enjeu d'un pari.

PREMIER ACTE

Scène troisième

ANDROMAQUE, HECTOR, PUIS CASSANDRE

Il l'a prise dans ses bras, l'a amenée au banc de pierre, s'est assis près d'elle. Court silence.

HECTOR. – Ce sera un fils, une fille ?

ANDROMAQUE. – Qu'as-tu voulu créer en l'appelant[1] ?

HECTOR. – Mille garçons... Mille filles...

ANDROMAQUE. – Pourquoi ? Tu croyais étreindre mille femmes ?... Tu vas être déçu. Ce sera un fils, un seul fils.

HECTOR. – Il y a toutes les chances pour qu'il en soit un... Après les guerres, il naît plus de garçons que de filles.

ANDROMAQUE. – Et avant les guerres ?

HECTOR. – Laissons les guerres, et laissons la guerre... Elle vient de finir. Elle t'a pris un père, un frère, mais ramené un mari.[2]

ANDROMAQUE. – Elle est trop bonne. Elle se rattrapera.

HECTOR. – Calme-toi. Nous ne lui laisserons plus l'occasion. Tout à l'heure, en te quittant, je vais solennellement, sur la place, fermer les portes de la guerre[3]. Elles ne s'ouvriront plus.

ANDROMAQUE. – Ferme-les. Mais elles s'ouvriront.

HECTOR. – Tu peux même nous dire le jour !

---

1. **En l'appelant :** en le désirant.
2. **Elle t'a pris... un mari :** dans l'*Iliade* (chant VI), Andromaque dit qu'Achille a tué son père et ses frères.
3. **Les portes de la guerre :** à Rome, on fermait les portes du temple de Janus, ouvertes en temps de guerre, pour marquer la paix.

Andromaque. – Le jour où les blés seront dorés et pesants, la vigne surchargée, les demeures pleines de couples.

Hector. – Et la paix à son comble, sans doute ?

Andromaque. – Oui. Et mon fils robuste et éclatant.

Hector l'embrasse.

Hector. – Ton fils peut être lâche. C'est une sauvegarde.

Andromaque. – Il ne sera pas lâche. Mais je lui aurai coupé l'index de la main droite.[4]

Hector. – Si toutes les mères coupent l'index droit de leur fils, les armées de l'univers se feront la guerre sans index... Et si elles lui coupent la jambe droite, les armées seront unijambistes[5]... Et si elles lui crèvent les yeux, les armées seront aveugles, mais il y aura des armées, et dans la mêlée elles se chercheront le défaut de l'aine, ou la gorge, à tâtons...

Andromaque. – Je le tuerai plutôt.

Hector. – Voilà la vraie solution maternelle des guerres.

Andromaque. – Ne ris pas. Je peux encore le tuer avant sa naissance.

Hector. – Tu ne veux pas le voir une minute, juste une minute ? Après, tu réfléchiras... Voir ton fils ?

Andromaque. – Le tien seul m'intéresse. C'est parce qu'il est de toi, c'est parce qu'il est toi que j'ai peur. Tu ne peux t'imaginer combien il te ressemble. Dans ce néant où il est encore, il a déjà apporté tout ce que tu as mis dans notre

---

4. Je lui aurai... main droite : allusion à la Première Guerre mondiale ; la mutilation de l'index droit permettait aux soldats d'être réformés, d'où parfois des mutilations volontaires.

5. Unijambiste : qui n'a qu'une seule jambe.

vie courante. Il y a tes tendresses, tes silences. Si tu aimes la guerre, il l'aimera... Aimes-tu la guerre ?

HECTOR. – Pourquoi cette question ?

ANDROMAQUE. – Avoue que certains jours tu l'aimes.

HECTOR. – Si l'on aime ce qui vous délivre de l'espoir, du bonheur, des êtres les plus chers...

ANDROMAQUE. – Tu ne crois pas si bien dire... On l'aime.

HECTOR. – Si l'on se laisse séduire par cette petite délégation que les dieux vous donnent à l'instant du combat...

ANDROMAQUE. – Ah ? Tu te sens un dieu, à l'instant du combat ?

HECTOR. – Très souvent moins qu'un homme... Mais parfois, à certains matins, on se relève du sol allégé, étonné, mué[6]. Le corps, les armes ont un autre poids, sont d'un autre alliage[7]. On est invulnérable[8]. Une tendresse vous envahit, vous submerge[9], la variété de tendresse des batailles : on est tendre parce qu'on est impitoyable ; ce doit être en effet la tendresse des dieux. On avance vers l'ennemi lentement, presque distraitement, mais tendrement. Et l'on évite d'écraser aussi le scarabée. Et l'on chasse le moustique sans l'abattre. Jamais l'homme n'a plus respecté la vie sur son passage...

ANDROMAQUE. – Puis l'adversaire arrive ?...

HECTOR. – Puis l'adversaire arrive, écumant[10], terrible. On a pitié de lui, on voit en lui, derrière sa bave et ses yeux blancs, toute l'impuissance et tout le dévouement du

---

6. **Mué :** transformé.
7. **Alliage :** produit métallique obtenu en incorporant un ou plusieurs éléments à un métal.
8. **Invulnérable :** qui ne peut être blessé.
9. **Submerge :** envahit, engloutit.
10. **Écumant :** furieux.

pauvre fonctionnaire humain qu'il est, du pauvre mari et gendre, du pauvre cousin germain, du pauvre amateur de raki[11] et d'olives qu'il est. On a de l'amour pour lui. On aime sa verrue sur sa joue, sa taie[12] dans son œil. On l'aime... Mais il insiste... Alors on le tue.

ANDROMAQUE. – Et l'on se penche en dieu sur ce pauvre corps ; mais on n'est pas dieu, on ne rend pas la vie.

HECTOR. – On ne se penche pas. D'autres vous attendent. D'autres avec leur écume et leurs regards de haine. D'autres pleins de famille, d'olives, de paix.

ANDROMAQUE. – Alors on les tue ?

HECTOR. – On les tue. C'est la guerre.

ANDROMAQUE. – Tous, on les tue ?

HECTOR. – Cette fois nous les avons tués tous. À dessein[13]. Parce que leur peuple était vraiment la race de la guerre, parce que c'est par lui que la guerre subsistait et se propageait en Asie. Un seul a échappé.

ANDROMAQUE. – Dans mille ans, tous les hommes seront les fils de celui-là. Sauvetage inutile d'ailleurs... Mon fils aimera la guerre, car tu l'aimes.

HECTOR. – Je crois plutôt que je la hais... Puisque je ne l'aime plus.

ANDROMAQUE. – Comment arrive-t-on à ne plus aimer ce que l'on adorait ? Raconte. Cela m'intéresse.

HECTOR. – Tu sais, quand on a découvert qu'un ami est menteur ? De lui tout sonne faux alors, même ses vérités...

---

11. Raki : eau-de-vie à l'anis bue en Turquie.
12. Taie : tache opaque ou semi-transparente sur la cornée.
13. À dessein : exprès.

Cela semble étrange à dire, mais la guerre m'avait promis la bonté, la générosité, le mépris des bassesses. Je croyais lui devoir mon ardeur et mon goût à vivre, et toi-même... Et jusqu'à cette dernière campagne, pas un ennemi que je n'aie aimé...

ANDROMAQUE. – Tu viens de le dire : on ne tue bien que ce qu'on aime.

HECTOR. – Et tu ne peux savoir comme la gamme de la guerre était accordée pour me faire croire à sa noblesse. Le galop nocturne des chevaux, le bruit de vaisselle à la fois et de soie que fait le régiment d'hoplites[14] se frottant contre votre tente, le cri du faucon au-dessus de la compagnie étendue et aux aguets, tout avait sonné jusque-là si juste, si merveilleusement juste...

ANDROMAQUE. – Et la guerre a sonné faux, cette fois ?

HECTOR. – Pour quelle raison ? Est-ce l'âge ? Est-ce simplement cette fatigue du métier dont parfois l'ébéniste sur son pied de table se trouve tout à coup saisi, qui un matin m'a accablé, au moment où penché sur un adversaire de mon âge, j'allais l'achever ? Auparavant ceux que j'allais tuer me semblaient le contraire de moi-même. Cette fois j'étais agenouillé sur un miroir. Cette mort que j'allais donner, c'était un petit suicide. Je ne sais ce que fait l'ébéniste dans ce cas, s'il jette sa varlope[15], son vernis, ou s'il continue... J'ai continué. Mais de cette minute, rien n'est demeuré de la résonance parfaite. La lance qui a glissé contre mon bouclier a soudain sonné faux, et le choc du

14. Hoplites : fantassins, soldats à pied lourdement armés.
15. Varlope : rabot à poignée qui s'utilise à deux mains.

tué contre la terre, et, quelques heures plus tard, l'écroulement des palais. Et la guerre d'ailleurs a vu que j'avais compris. Et elle ne se gênait plus… Les cris des mourants sonnaient faux… J'en suis là.

ANDROMAQUE. – Tout sonnait juste pour les autres.

HECTOR. – Les autres sont comme moi. L'armée que j'ai ramenée hait la guerre.

ANDROMAQUE. – C'est une armée à mauvaises oreilles.

HECTOR. – Non. Tu ne saurais t'imaginer combien soudain tout a sonné juste pour elle, voilà une heure, à la vue de Troie. Pas un régiment qui ne se soit arrêté d'angoisse à ce concert. Au point que nous n'avons osé entrer durement par les portes, nous nous sommes répandus en groupe autour des murs… C'est la seule tâche digne d'une vraie armée : faire le siège paisible de sa patrie ouverte.

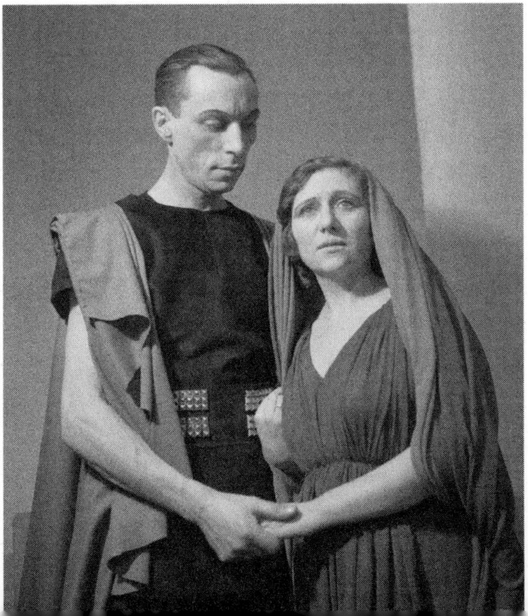

Mise en scène de Louis Jouvet avec Renée Falconetti et Louis Jouvet, Paris, théâtre de l'Athénée, novembre 1935.

Andromaque. – Et tu n'as pas compris que c'était là la pire fausseté ! La guerre est dans Troie, Hector ! C'est elle qui vous a reçus aux portes. C'est elle qui me donne à toi ainsi désemparée, et non l'amour.

Hector. – Que racontes-tu là ?

Andromaque. – Ne sais-tu donc pas que Pâris a enlevé Hélène ?

Hector. – On vient de me le dire... Et après ?

Andromaque. – Et que les Grecs la réclament ? Et que leur envoyé arrive aujourd'hui ? Et que si on ne la rend pas, c'est la guerre ?

Hector. – Pourquoi ne la rendrait-on pas ? Je la rendrai moi-même.

Andromaque. – Pâris n'y consentira jamais.

Hector. – Pâris m'aura cédé dans quelques minutes. Cassandre me l'amène.

Andromaque. – Il ne peut te céder. Sa gloire[16], comme vous dites, l'oblige à ne pas céder. Son amour aussi, comme il dit, peut-être.

Hector. – C'est ce que nous allons voir. Cours demander à Priam s'il peut m'entendre à l'instant, et rassure-toi. Tous ceux des Troyens qui ont fait et peuvent faire la guerre ne veulent pas la guerre.

Andromaque. – Il reste tous les autres.

Cassandre. – Voilà Pâris.

Andromaque disparaît.

---

16. Gloire : renommée, honneur, réputation.

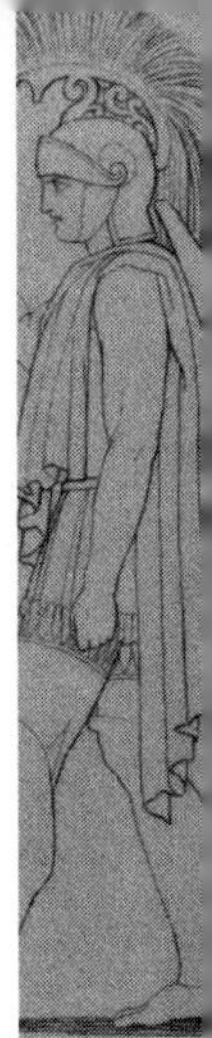

QUESTIONS SUR L'ACTE I, SCÈNE 3

AI-JE BIEN LU ?

1 Hector revient-il du combat en vainqueur ou en vaincu ?

2 Quelle nouvelle vient-il d'apprendre de la bouche de Cassandre (scène 2) ?

3 Pourquoi Andromaque est-elle inquiète ? Comment Hector tente-t-il de la rassurer ?

4 Pourquoi une guerre est-elle sur le point d'éclater à Troie ?

5 Pourquoi Hector convoque-t-il son jeune frère Pâris ?

J'ANALYSE LE TEXTE

Un couple face à la guerre

— Retrouvailles et promesse de bonheur

6 À quels signes le spectateur voit-il qu'Hector et Andromaque forment un couple aimant ? Appuyez-vous sur les didascalies et les premières répliques.

7 Quelles raisons Andromaque a-t-elle d'être heureuse ?

— L'ombre de la guerre

8 Comment Andromaque et Hector en arrivent-ils à parler de la guerre ?

9 **a.** Par quelles paroles Hector rassure-t-il son épouse ? Quel avenir lui promet-il (l. 9-16) ?

b. Quel type de réponses obtient-il d'elle ?

10 Montrez qu'Andromaque a changé de discours par rapport à la scène précédente. Pourquoi, selon vous ?

11 **a.** Quelle inquiétude Andromaque formule-t-elle pour son fils (l. 39-44) ?

b. Quelles solutions désespérées envisage-t-elle pour le soustraire à la guerre ?

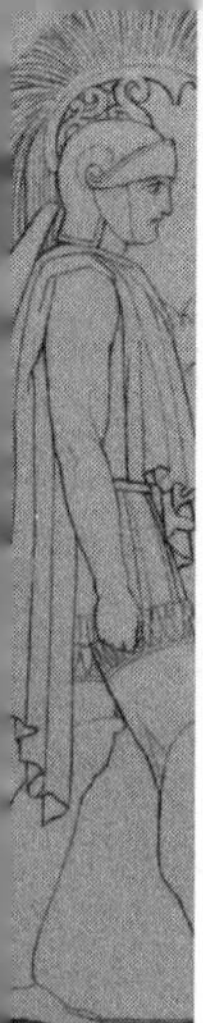

— Hector mis à la question

12 **a.** Pourquoi Andromaque demande-t-elle à Hector s'il aime la guerre ?

b. Connaît-elle intuitivement la réponse ? Qu'espère-t-elle malgré elle en le questionnant ?

c. Quel aveu finit-elle par obtenir de lui dans un premier temps ? Corrige-t-il son propos par la suite ?

13 Andromaque est-elle rassurée pour autant (l. 137-160) ?

Une réflexion sur la guerre

— Les attraits de la guerre

14 **a.** Hector avoue que la guerre lui procure des sensations et sentiments particuliers, lesquels (l. 50-64) ?

b. Au nom de quelles valeurs Hector pensait-il faire la guerre (l. 95-97) ?

— Les contradictions

15 **a.** Quels hommes sont ces adversaires contre qui l'on fait la guerre ? Relevez les termes qui les désignent (l. 66-78). Quel adjectif est répété quatre fois pour les décrire ?

b. Quels détails physiques Hector observe-t-il chez eux ?

c. Pourquoi met-il en avant leurs fragilités ?

16 **a.** Montrez qu'il y a contradiction entre les sentiments qu'Hector éprouve pour ses ennemis et ses actes (l. 66-73).

b. Quel effet la répétition de l'expression « on les tue » (l. 80) produit-elle ?

c. Relevez la phrase qui justifie l'acte de tuer ses ennemis.

— La prise de conscience et l'effet miroir

17 **a.** De quoi Hector a-t-il soudain pris conscience un jour au moment de tuer un ennemi ?

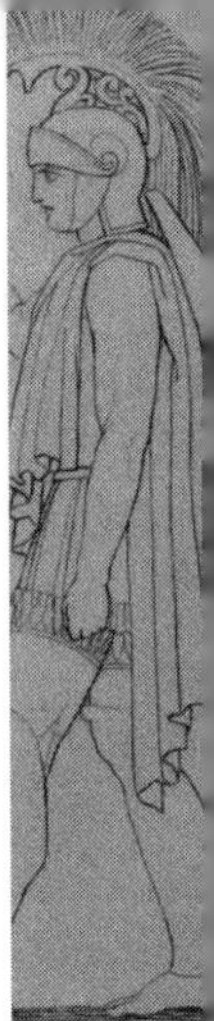

b. « Tout sonne faux « (l. 94) ; « tout avait sonné jusque-là si juste» (l. 107) : quelle métaphore filée, appliquée à la guerre, permet à Hector d'expliquer cette prise de conscience (l. 93-136) ?
c. Qu'est devenu alors pour lui l'acte de tuer ? Expliquez l'expression : « Cette fois j'étais agenouillé sur un miroir » (l. 115-116).

18 **a.** Hector aime-t-il toujours la guerre lorsqu'il est de retour à Troie ? Son armée partage-t-elle ses sentiments ?
b. Son image de héros est-elle pour autant dévalorisée ? Justifiez votre réponse.

Le pessimisme de Giraudoux : la fatalité de la guerre

19 Hector est-il persuadé que les hommes peuvent renoncer à la guerre ? Relevez le passage qui l'indique.

> La **personnification** est une figure de style qui attribue des caractéristiques et des comportements humains à une réalité abstraite, un objet inanimé ou un animal.

20 Relevez les expressions qui personnifient la guerre (l. 9-16 et 121-125). Quelle image en donnent-elles ?

J'ÉTUDIE LA LANGUE

Vocabulaire : préfixe et suffixe

> De nombreux mots sont construits à partir d'un élément de base, le radical, auquel peuvent s'ajouter un **préfixe** (élément placé devant le radical) et/ou un **suffixe** (élément placé après le radical).
> Ex : inflammable → in- : préfixe ; flamm- : radical ; -able : suffixe.

21 « On est invulnérable » (l. 57), « on est impitoyable » (l. 59).
a. Donnez le sens de chacun de ces adjectifs.
b. Identifiez leur préfixe, leur suffixe, leur radical.
c. Précisez le sens du préfixe et le sens du suffixe.

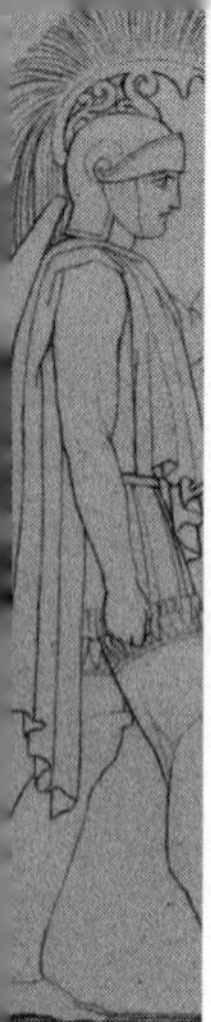

22 Complétez les expressions avec un adjectif formé avec le même préfixe et avec le même suffixe -able ou -ible.

a. un ennemi que l'on ne peut vaincre : ....

b. une forteresse que l'on ne peut prendre : ....

c. une guerre que l'on ne peut éviter : ....

d. une haine que l'on ne peut éteindre (radical -extingu-) : ....

e. un argument que l'on ne peut recevoir : ....

f. un ennemi dont on ne peut venir à bout (radical : -réduct-) : .....

g. un spectacle que l'on ne peut supporter ni tolérer : ....

h. des ennemis que l'on ne peut réconcilier : ....

i. une cruauté telle que l'on ne peut la dire : ....

Grammaire : le pronom « on »

Le pronom « on » a plusieurs valeurs. Il peut :
– avoir valeur d'indéfini. Ex : *On doit entrer en classe à la sonnerie.*
– être l'équivalent de « je » ou « nous ». Ex : *On n'a pas entendu la sonnerie.*
– être l'équivalent de « tu » ou « vous » . Ex : *Alors, on n'a pas entendu la sonnerie ?*
– renvoyer à une personne que l'on ne nomme pas. Ex : *On nous a retenus parce qu'on est entré en classe après la sonnerie.*

23 Qui le pronom « on » désigne-t-il dans chacune de ces phrases ?

a. « On avance vers l'ennemi, lentement. » (l. 60-61)

b. « Alors on les tue ? » (l. 79)

c. « On les tue. C'est la guerre. » (l. 80)

d. « Ne sais-tu donc pas que Pâris a enlevé Hélène ?
– On vient de me le dire. » (l. 142-144)

e. « Si on ne la rend pas, c'est la guerre. » (l. 146-147)

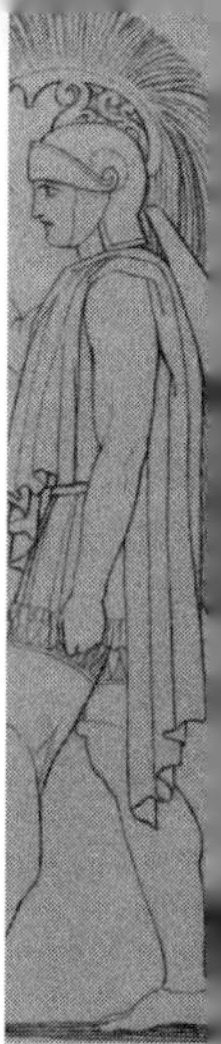

J'ÉCRIS

Rédiger une réplique argumentative

24 « Aimes-tu la guerre ? » demande Andromaque dans la pièce. Imaginez qu'à son tour Andromaque expose à Hector les raisons pour lesquelles la guerre lui fait horreur.

CONSIGNES D'ÉCRITURE
Écrivez une réplique de quelques lignes dans laquelle elle exposera ses arguments (rationnels, affectifs...). Elle laissera éclater son émotion.

POUR ALLER PLUS LOIN

Le destin d'Astyanax

Le sort d'Astyanax, fils d'Hector et Andromaque, varie selon les versions.
Dans l'*Iliade*, Andromaque, se lamentant sur le corps d'Hector, évoque dans le chant XXIV le destin de son fils « ... [mon enfant], ou bien tu me suivras, pour être ailleurs employé à d'indignes travaux et peiner sous les yeux d'un maître sans douceur ; ou bien, quelqu'un des Achéens, t'ayant pris par la main, te jettera pour une triste mort du haut du rempart... » (*Iliade*, trad. de M. Meunier, © Albin Michel).
On ne trouve aucune allusion au sort du fils d'Hector dans l'*Odyssée*.
Dans *Les Troyennes* d'Euripide, comme dans *Les Troyennes* de Sénèque, Astyanax est jeté du haut des remparts de Troie par les Grecs sur le conseil d'Ulysse qui craint que, devenu adulte, le fils d'Hector ne cherche à venger son père et les Troyens.
Selon d'autres versions, l'enfant est emmené comme prisonnier en Épire par Néoptolème, fils d'Achille.

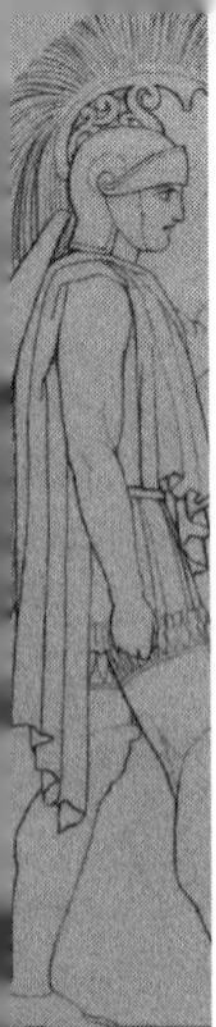

C'est à cette version que se réfère Racine dans *Andromaque*, tragédie dans laquelle Pyrrhus (autre nom de Néoptolème) exerce un chantage sur Andromaque, en la menaçant de livrer aux Grecs Astyanax qu'elle a amené avec elle de Troie si elle ne l'épouse pas.

Un mythe actualisé

Tout au long de *La guerre de Troie n'aura pas lieu*, Giraudoux fait des allusions précises à la guerre de 1914-1918, allusions comprises par l'ensemble des spectateurs.

Ainsi dans cette scène, Andromaque menace de couper l'index de la main droite de son fils.

Durant la guerre de 1914-1918, certaines blessures, notamment celles affectant la main droite, permettaient aux soldats d'être réformés. Aussi des tribunaux spéciaux mis en place au début de la Grande guerre avaient-ils pour tâche, en faisant des exemples (condamnations à mort), de dissuader les soldats de se livrer à des mutilations volontaires qui leur permettraient d'être renvoyés du front. Mais des condamnations expéditives pour des blessures qui n'étaient pas, en réalité, le résultat d'une automutilation intervinrent jusqu'à la fin de la guerre.

Plus près de nous Sébastien Japrisot, dans son roman *Un long dimanche de fiançailles*, aborde ce thème.

Par ailleurs la réplique prononcée par Hector : « Tous ceux des Troyens qui ont fait et peuvent faire la guerre ne veulent pas la guerre » (l. 157-159) fait écho à l'attitude des anciens combattants qui ne veulent « plus jamais ça », « plus jamais la guerre » ; ces expressions étant devenues les slogans des mouvements pacifistes et antimilitaristes après la Première Guerre mondiale.

Scène quatrième

CASSANDRE, HECTOR, PÂRIS

HECTOR. – Félicitations, Pâris. Tu as bien occupé notre absence.

PÂRIS. – Pas mal. Merci.

HECTOR. – Alors ? Quelle est cette histoire d'Hélène ?

PÂRIS. – Hélène est une très gentille personne. N'est-ce pas, Cassandre ?

CASSANDRE. – Assez gentille.

PÂRIS. – Pourquoi ces réserves, aujourd'hui ? Hier encore tu disais que tu la trouvais très jolie.

CASSANDRE. – Elle est très jolie, mais assez gentille.

PÂRIS. – Elle n'a pas l'air d'une gentille petite gazelle ?

CASSANDRE. – Non.

PÂRIS. – C'est toi-même qui m'as dit qu'elle avait l'air d'une gazelle !

CASSANDRE. – Je m'étais trompée. J'ai revu une gazelle depuis.

HECTOR. – Vous m'ennuyez avec vos gazelles ! Elle ressemble si peu à une femme que cela ?

PÂRIS. – Oh ! Ce n'est pas le type de femme d'ici, évidemment.

CASSANDRE. – Quel est le type de femme d'ici ?

PÂRIS. – Le tien, chère sœur. Un type effroyablement peu distant.

CASSANDRE. – Ta Grecque est distante en amour ?

PÂRIS. – Écoute parler nos vierges[1] !... Tu sais parfaitement ce que je veux dire. J'ai assez des femmes asiatiques. Leurs étreintes sont de la glu, leurs baisers des effractions, leurs paroles de la déglutition. À mesure qu'elles se déshabillent, elles ont l'air de revêtir un vêtement plus chamarré[2] que tous les autres, la nudité, et aussi, avec leurs fards[3], de vouloir se décalquer sur vous. Et elles se décalquent. Bref, on est terriblement avec elles... Même au milieu de mes bras, Hélène est loin de moi.

HECTOR. – Très intéressant ! Mais tu crois que cela vaut une guerre, de permettre à Pâris de faire l'amour à distance ?

CASSANDRE. – Avec distance... Il aime les femmes distantes, mais de près.

PÂRIS. – L'absence d'Hélène dans sa présence vaut tout.

HECTOR. – Comment l'as-tu enlevée ? Consentement ou contrainte ?

PÂRIS. – Voyons, Hector ! Tu connais les femmes aussi bien que moi. Elles ne consentent qu'à la contrainte. Mais alors avec enthousiasme.

HECTOR. – À cheval ? Et laissant sous ses fenêtres cet amas de crottin qui est la trace des séducteurs ?

PÂRIS. – C'est une enquête ?

HECTOR. – C'est une enquête. Tâche pour une fois de répondre avec précision. Tu n'as pas insulté la maison conjugale, ni la terre grecque ?

PÂRIS. – L'eau grecque, un peu. Elle se baignait...

1. **Vierges :** jeunes filles.
2. **Chamarré :** coloré, rehaussé d'ornements aux couleurs vives.
3. **Fards :** produits pour se maquiller.

Cassandre. – Elle est née de l'écume, quoi ! La froideur est née de l'écume, comme Vénus[4].

Hector. – Tu n'as pas couvert la plinthe[5] du palais d'inscriptions ou de dessins offensants, comme tu en es coutumier[6] ? Tu n'as pas lâché le premier sur les échos ce mot qu'ils doivent tous redire en ce moment au mari trompé[7] ?

Pâris. – Non, Ménélas était nu sur le rivage, occupé à se débarrasser l'orteil d'un crabe. Il a regardé filer mon canot comme si le vent emportait ses vêtements.

Hector. – L'air furieux ?

Pâris. – Le visage d'un roi que pince un crabe n'a jamais exprimé la béatitude[8].

Hector. – Pas d'autres spectateurs ?

Pâris. – Mes gabiers[9].

Hector. – Parfait !

Pâris. – Pourquoi « parfait » ? Où veux-tu en venir ?

Hector. – Je dis « parfait », parce que tu n'as rien commis d'irrémédiable[10]. En somme, puisqu'elle était déshabillée, pas un seul des vêtements d'Hélène, pas un de ses objets n'a été insulté. Le corps seul a été souillé. C'est négligeable. Je connais assez les Grecs pour savoir qu'ils tireront une aventure divine et tout à leur honneur, de cette petite reine grecque qui va à la mer, et qui remonte tranquillement après quelques mois de sa plongée, le visage innocent.

---

4. Née de l'écume, comme Vénus : Vénus, déesse de l'amour et de la beauté, est née de la mer.
5. Plinthe : bande plate au bas d'un mur.
6. Coutumier : avoir l'habitude.
7. Ce mot... mari trompé : il s'agit du terme « cocu ».
8. Béatitude : bonheur parfait.
9. Gabiers : matelots chargés des voiles et du gréement.
10. Irrémédiable : qu'on ne peut réparer.

CASSANDRE. – Nous garantissons le visage.

PÂRIS. – Tu penses que je vais ramener Hélène à Ménélas ?

HECTOR. – Nous ne t'en demandons pas tant, ni lui... L'envoyé grec s'en charge... Il la repiquera lui-même dans la mer, comme le piqueur de plantes d'eau, à l'endroit désigné. Tu la lui remettras dès ce soir.

PÂRIS. – Je ne sais pas si tu te rends très bien compte de la monstruosité que tu commets, en supposant qu'un homme a devant lui une nuit avec Hélène, et accepte d'y renoncer !

CASSANDRE. – Il te reste une après-midi avec Hélène. Cela fait plus grec.

HECTOR. – N'insiste pas. Nous te connaissons. Ce n'est pas la première séparation que tu acceptes.

PÂRIS. – Mon cher Hector, c'est vrai. Jusqu'ici, j'ai toujours accepté d'assez bon cœur les séparations. La séparation d'avec une femme, fût-ce la plus aimée, comporte un agrément[11] que je sais goûter mieux que personne. La première promenade solitaire dans les rues de la ville au sortir de la dernière étreinte, la vue du premier petit visage de couturière, tout indifférent et tout frais, après le départ de l'amante adorée au nez rougi par les pleurs, le son du premier rire de blanchisseuse ou de fruitière, après les adieux enroués par le désespoir, constituent une jouissance à laquelle je sacrifie bien volontiers les autres... Un seul être vous manque, et tout est repeuplé...[12] Toutes les femmes sont créées à nouveau pour vous, toutes sont

11. Agrément : plaisir.

12. Un seul être vous manque, et tout est repeuplé : Pâris reprend, en le déformant, un vers célèbre de Lamartine (« Un seul être vous manque et tout est dépeuplé », « L'Isolement », v. 28, in *Méditations poétiques*).

à vous, et cela dans la liberté, la dignité, la paix de votre conscience… Oui, tu as bien raison, l'amour comporte des moments vraiment exaltants, ce sont les ruptures… Aussi ne me séparerai-je jamais d'Hélène, car avec elle j'ai l'impression d'avoir rompu avec toutes les autres femmes, et j'ai mille libertés et mille noblesses au lieu d'une.

HECTOR. – Parce qu'elle ne t'aime pas. Tout ce que tu dis le prouve.

PÂRIS. – Si tu veux. Mais je préfère à toutes les passions cette façon dont Hélène ne m'aime pas.

HECTOR. – J'en suis désolé. Mais tu la rendras.

PÂRIS. – Tu n'es pas le maître ici.

HECTOR. – Je suis ton aîné, et le futur maître.

PÂRIS. – Alors commande dans le futur. Pour le présent, j'obéis à notre père.

HECTOR. – Je n'en demande pas davantage ! Tu es d'accord pour que nous nous en remettions au jugement de Priam[13] ?

PÂRIS. – Parfaitement d'accord.

HECTOR. – Tu le jures ? Nous le jurons ?

CASSANDRE. – Méfie-toi, Hector ! Priam est fou d'Hélène. Il livrerait plutôt ses filles.

HECTOR. – Que racontes-tu là ?

PÂRIS. – Pour une fois qu'elle dit le présent au lieu de l'avenir, c'est la vérité.

CASSANDRE. – Et tous nos frères, et tous nos oncles, et tous nos arrière-grands-oncles !… Hélène a une garde d'hon-

---

13. Priam : roi de Troie et père d'Hector, Pâris, Cassandre, Polyxène et Troïlus.

neur, qui assemble tous nos vieillards. Regarde. C'est l'heure de sa promenade... Vois aux créneaux toutes ces têtes à barbe blanche... On dirait les cigognes caquetant sur les remparts.

HECTOR. – Beau spectacle. Les barbes sont blanches et les visages rouges.

CASSANDRE. – Oui. C'est la congestion. Ils devraient être à la porte du Scamandre, par où entrent nos troupes et la victoire. Non, ils sont aux portes Scées, par où sort Hélène.

HECTOR. – Les voilà qui se penchent tout d'un coup, comme les cigognes quand passe un rat.

CASSANDRE. – C'est Hélène qui passe...

PÂRIS. – Ah ! oui ?

CASSANDRE. – Elle est sur la seconde terrasse. Elle rajuste sa sandale, debout, prenant bien soin de croiser haut la jambe.

HECTOR. – Incroyable. Tous les vieillards de Troie sont là à la regarder d'en haut.

CASSANDRE. – Non. Les plus malins regardent d'en bas.

CRIS AU-DEHORS. – Vive la Beauté !

HECTOR. – Que crient-ils ?

PÂRIS. – Ils crient : « Vive la Beauté ! »

CASSANDRE. – Je suis de leur avis. Qu'ils meurent vite.

CRIS AU-DEHORS. – Vive Vénus !

HECTOR. – Et maintenant ?

CASSANDRE. – Vive Vénus... Ils ne crient que des phrases sans *r*, à cause de leur manque de dents... Vive la Beauté... Vive Vénus... Vive Hélène... Ils croient proférer des cris. Ils poussent simplement le mâchonnement à sa plus haute puissance.

HECTOR. – Que vient faire Vénus là-dedans ?

CASSANDRE. – Ils ont imaginé que c'était Vénus qui nous donnait Hélène... Pour récompenser Pâris de lui avoir décerné la pomme à première vue.

HECTOR. – Tu as fait aussi un beau coup ce jour-là !

PÂRIS. – Ce que tu es frère aîné !

Dans la scène 5, deux vieillards à l'affût d'Hélène cherchent à se placer au mieux pour voir la jeune femme sur les remparts et acclamer sa beauté. Hector, Pâris et Cassandre assistent à leur manège ; Cassandre souligne leur ridicule, Hector ne peut imaginer que son père Priam soit fasciné comme eux par Hélène.

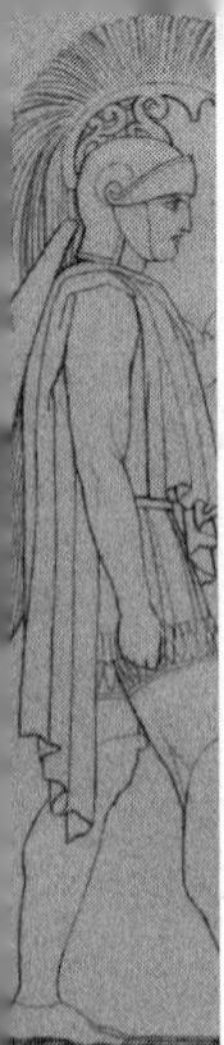

QUESTIONS SUR L'ACTE I, SCÈNE 4

AI-JE BIEN LU ?

1 **a.** Qui sont les personnages présents dans la scène 4 ?
b. Quel personnage a quitté la scène ?

2 Quel lien familial existe-il entre Hector et Pâris ?

3 Quelle action Pâris a-t-il accomplie durant l'absence d'Hector ?

4 **a.** Quelle démarche Hector fait-il envers Pâris pour sauvegarder la paix ?
b. À quelle condition Pâris répondra-t-il à sa demande ?

5 Quelle mise en garde Cassandre fait-elle à Hector ?

J'ANALYSE LE TEXTE

La discussion entre Hector et Pâris

6 **a.** Quel type de phrases Hector utilise-t-il (l. 4-63) ?
b. Que cherche-t-il à savoir ?
c. « Le corps seul a été souillé. C'est négligeable » (l. 70) : comment Hector minimise-t-il l'enlèvement d'Hélène ? Quelle opinion a-t-il d'elle ?

7 **a.** Pourquoi Hector se sent-il le droit de faire preuve d'autorité vis-à-vis de son frère ? Quel ordre lui donne-t-il ?
b. Par quelles paroles Pâris dénonce-t-il cette autorité (l. 112-115) ?

Pâris, Hélène et les femmes

8 **a.** Aux yeux de Pâris, quelle est la principale qualité d'Hélène par rapport aux femmes asiatiques (l. 25-33) ?
b. Pour quelles autres raisons Pâris est-il séduit par Hélène et refuse-t-il d'y renoncer (l. 81-83 et 103-106) ?
c. Pâris et Hélène donnent-ils l'impression de s'aimer ?

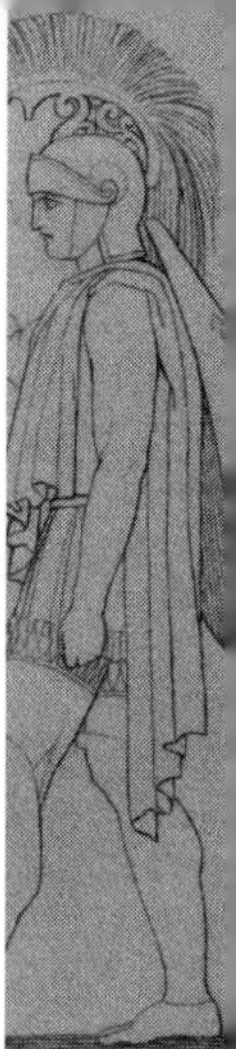

9 Montrez en citant le texte que Pâris se présente comme un séducteur (l. 25-33 et l. 86-106). Indiquez la valeur des pluriels dans ces passages.

Le paradoxe

> Le paradoxe prend à contre-pied les idées communément admises. Il invite à voir la réalité sous un jour nouveau.

10 « L'amour comporte des moments vraiment exaltants, ce sont les ruptures » (l. 102-103).

a. En quoi cette phrase est-elle fondée sur un paradoxe ?

b. Pourquoi Pâris aime-t-il les ruptures ?

11 Relevez un peu plus loin un paradoxe par lequel Pâris justifie sa préférence pour Hélène.

Le mélange des genres et des registres

> Traitant un sujet tragique, Giraudoux n'a cependant pas voulu adopter le ton de la tragédie : il pratique le mélange des genres et des registres (ou tons).

— Jeux de mots et associations des contraires

12 **a.** Expliquez le jeu de mots que fait Pâris : « la terre grecque » (l. 49), « l'eau grecque, un peu » (l. 50).

b. « Il aime les femmes distantes, mais de près » (l. 36-37), « L'absence d'Hélène dans sa présence vaut tout » (l. 38) : quels sont les mots qui s'opposent ? Quel sens donnez-vous à ces phrases ?

— L'introduction du grotesque

13 Quelle image grotesque Pâris donne-t-il de Ménélas, le mari trompé (l. 57-62) ?

14 Relevez les termes par lesquels Cassandre et Hector caractérisent les vieillards. À quel animal sont-ils comparés ? L'image donnée d'eux est-elle valorisante ou dévalorisante ?

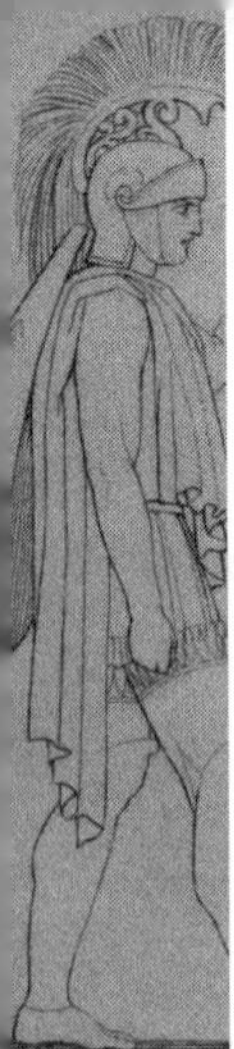

L’art des préparations : le personnage d’Hélène

> Hélène fait son entrée à la scène 7 de l’acte I, mais auparavant l’imagination du spectateur a été préparée par différentes descriptions du personnage.

15 **a.** Quel portrait contradictoire Cassandre et Pâris font-ils d’Hélène (l. 5-16) ?

b. Comment comprenez-vous la réplique de Cassandre : « Je m’étais trompée. J’ai revu une gazelle depuis. » (l. 15-16) ?

16 **a.** À quel endroit Hélène se trouve-t-elle ? Quels personnages la regardent ? Quelle première image le spectateur a-t-il d’elle (l. 141-143) ?

b. Montrez que les vieillards troyens complètent le portrait d’Hélène.

Un public complice

> Le théâtre de Giraudoux s’adresse à un public complice, qui doit posséder une certaine culture pour apprécier les références littéraires, historiques, les jeux de mots…

— L’allusion littéraire et la parodie

> La **parodie** imite une œuvre originale en la déformant de façon amusante.

17 « Un seul être vous manque, et tout est repeuplé » (l. 99) : quel vers de Lamartine est parodié ? Expliquez le sens du vers original et le sens du vers parodié par Pâris.

— La référence à un passé récent

18 **a.** « Tu as bien occupé notre absence » (l. 1-2) : quel reproche Hector fait-il à Pâris ?

b. Comment ce reproche peut-il être compris par les spectateurs de 1935 ?

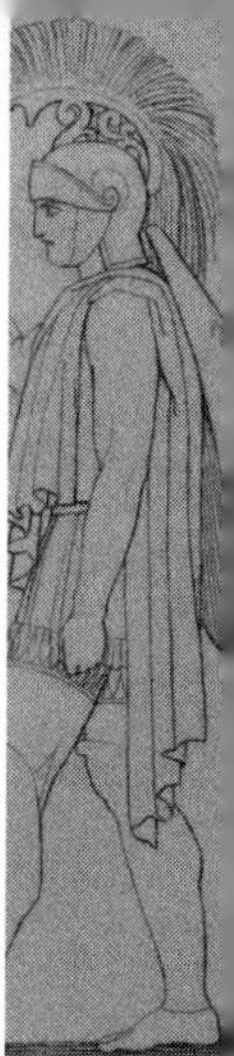

Le jeu avec la légende

19 **a.** À la fin des scènes 4 et 5, le spectateur peut-il penser que la guerre aurait encore des chances d'être évitée ?
b. Pourquoi cette guerre se présente-t-elle d'ores et déjà comme absurde ?

J'ÉTUDIE LA LANGUE

Grammaire : l'expression de l'ordre

« N'insiste pas », « Tu la lui remettras dès ce soir » : ces deux phrases sont des ordres.
Pour exprimer un ordre, on peut utiliser :
– l'impératif et le subjonctif. Ex : *Viens ici, nous avons à parler. Qu'il vienne me voir dès son retour.*
– le futur et le présent de l'indicatif. Ex : *Tu rendras Hélène dès ce soir. Toi, tu restes ici.*
– des verbes exprimant l'ordre ou l'obligation. Ex : *Je veux que tu renonces à Hélène.*
– des tournures impersonnelles. Ex : *Il faut que tu rendes Hélène à Ménélas.*
– des groupes nominaux. Ex : *Interdiction de se baigner sur cette plage.*
– des interjections. Ex : *Doucement !*

20 Imaginez trois ordres construits différemment.
Précisez l'émetteur et le destinataire de chacun de ces ordres.

21 Sur le modèle des recettes de cuisine, rédigez une recette afin d'obtenir la paix.

J'ÉCRIS

Écrire une interview

22 Vous êtes journaliste et vous interrogez Ménélas pour recueillir son témoignage sur l'enlèvement d'Hélène.

CONSIGNES D'ÉCRITURE

- L'interview se présente sous forme de questions-réponses.
- **Respectez les éléments** fournis par le texte (enlèvement en canot, Ménélas se débattant avec un crabe accroché à son orteil), **inventez-en d'autres** (par exemple, Pâris et Hélène à la plage, arrivée et description de Pâris, attitude d'Hélène, consentante, réactions de Ménélas...). N'hésitez pas à introduire des éléments modernes.

POUR ALLER PLUS LOIN

Une image dégradée du roi Ménélas

Selon la légende, venu en ambassade à Sparte, Pâris est accueilli par le roi Ménélas. Mais le roi doit se rendre en Crète et laisse ses hôtes poursuivre leur séjour à la cour. Pendant son absence, Pâris séduit et enlève Hélène. De retour à Sparte, Ménélas est bien décidé à venger cette offense : non seulement Pâris a enlevé son épouse mais il a bafoué les règles de l'hospitalité.

Dans cette scène de *La guerre de Troie n'aura pas lieu*, Giraudoux malmène l'image du roi qu'il décrit nu, un crabe accroché à son orteil.

Dans *La Belle Hélène*, opéra-bouffe de Jacques Offenbach, créé le 17 décembre 1864, Ménélas est un roi ridiculisé. Voici ce que lui dit Hélène lorsqu'il apprend qu'il doit partir pour la Crète (acte I, scène 11) : « Va-t'en mon loulou / Va-t'en n'importe où... »

Scène sixième

PRIAM, HÉCUBE, ANDROMAQUE, CASSANDRE, HECTOR, PÂRIS, DÉMOKOS, LA PETITE POLYXÈNE, LE GÉOMÈTRE, LES SERVANTES, LA JEUNE SERVANTE

À la fin de la scène 5, Hector déclare à Paris qu'il se « moque d'Hélène », il refuse même de la regarder. Priam arrive alors, escorté de son épouse Hécube tenant à la main leur fille, la petite Polyxène, d'Andromaque, du poète Démokos, et d'un autre vieillard. Les derniers mots d'Hector ont été entendus…

PRIAM. – Tu dis ?

HECTOR. – Je dis, père, que nous devons nous précipiter pour fermer les portes de la guerre, les verrouiller, les cadenasser. Il ne faut pas qu'un moucheron puisse passer entre les deux battants !

PRIAM. – Ta phrase m'a paru moins longue.

DÉMOKOS. – Il disait qu'il se moquait d'Hélène.

PRIAM. – Penche-toi… *(Hector obéit.)* Tu la vois ?

HÉCUBE. – Mais oui, il la voit. Je me demande qui ne la verrait pas et qui ne l'a pas vue. Elle fait le chemin de ronde.

DÉMOKOS. – C'est la ronde de la beauté.

PRIAM. – Tu la vois ?

HECTOR. – Oui… Et après ?

DÉMOKOS. – Priam te demande ce que tu vois !

HECTOR. – Je vois une jeune femme qui rajuste sa sandale.

Cassandre. – Elle met un certain temps à rajuster sa sandale.

Pâris. – Je l'ai emportée nue et sans garde-robe. Ce sont des sandales à toi. Elles sont un peu grandes.

Cassandre. – Tout est grand pour les petites femmes.

Hector. – Je vois deux fesses charmantes.

Hécube. – Il voit ce que vous tous voyez.

Priam. – Mon pauvre enfant !

Hector. – Quoi ?

Démokos. – Priam te dit : pauvre enfant !

Priam. – Oui, je ne savais pas que la jeunesse de Troie en était là.

Hector. – Où en est-elle ?

Priam. – À l'ignorance de la beauté.

Démokos. – Et par conséquent de l'amour. Au réalisme, quoi ! Nous autres poètes appelons cela le réalisme.

Hector. – Et la vieillesse de Troie en est à la beauté et à l'amour ?

Hécube. – C'est dans l'ordre. Ce ne sont pas ceux qui font l'amour ou ceux qui sont la beauté qui ont à les comprendre.

Hector. – C'est très courant, la beauté, père. Je ne fais pas allusion à Hélène, mais elle court les rues.

Priam. – Hector, ne sois pas de mauvaise foi. Il t'est bien arrivé dans la vie, à l'aspect d'une femme, de ressentir qu'elle n'était pas seulement elle-même, mais que tout un flux[1] d'idées et de sentiments avait coulé en sa chair et en prenait l'éclat ?

---

1. **Flux :** flot, abondance.

Mise en scène de Jean Vilar, Paris, TNP, février 1963.

DÉMOKOS. – Ainsi le rubis personnifie le sang.

HECTOR. – Pas pour ceux qui ont vu du sang. Je sors d'en prendre.

DÉMOKOS. – Un symbole, quoi ! Tout guerrier que tu es, tu as bien entendu parler des symboles ? Tu as bien rencontré des femmes qui, d'aussi loin que tu les apercevais, te semblaient personnifier l'intelligence, l'harmonie, la douceur ?

HECTOR. – J'en ai vu.

DÉMOKOS. – Que faisais-tu alors ?

HECTOR. – Je m'approchais et c'était fini… Que personnifie celle-là ?

DÉMOKOS. – On te le répète, la beauté.

HÉCUBE. – Alors, rendez-la vite aux Grecs, si vous voulez qu'elle vous la personnifie pour longtemps. C'est une blonde.

DÉMOKOS. – Impossible de parler avec ces femmes !

HÉCUBE. – Alors ne parlez pas des femmes ! Vous n'êtes guère galants, en tout cas, ni patriotes. Chaque peuple remise son symbole dans sa femme, qu'elle soit camuse[2] ou lippue[3]. Il n'y a que vous pour aller le loger ailleurs.

HECTOR. – Père, mes camarades et moi rentrons harassés[4]. Nous avons pacifié[5] notre continent pour toujours. Nous entendons désormais vivre heureux, nous entendons que nos femmes puissent nous aimer sans angoisse et avoir leurs enfants.

DÉMOKOS. – Sages principes, mais jamais la guerre n'a empêché d'accoucher.

HECTOR. – Dis-moi pourquoi nous trouvons la ville transformée, du seul fait d'Hélène ! Dis-moi ce qu'elle nous a apporté, qui vaille une brouille avec les Grecs !

LE GÉOMÈTRE. – Tout le monde te le dira ! Moi je peux te le dire !

HÉCUBE. – Voilà le Géomètre !

LE GÉOMÈTRE. – Oui, voilà le Géomètre ! Et ne crois pas que les géomètres n'aient pas à s'occuper des femmes ! Ils sont les arpenteurs aussi de votre apparence. Je ne te dirai pas ce qu'ils souffrent, les géomètres, d'une épaisseur de peau

---

2. Camuse : qui a le nez aplati.
3. Lippue : qui a de grosses lèvres.
4. Harassés : épuisés.
5. Pacifié : rendu la paix.

en trop à vos cuisses ou d'un bourrelet à votre cou... Eh bien, les géomètres jusqu'à ce jour n'étaient pas satisfaits de cette contrée qui entoure Troie. La ligne d'attache de la plaine aux collines leur semblait molle, la ligne des collines aux montagnes du fil de fer. Or, depuis qu'Hélène est ici, le paysage a pris son sens et sa fermeté. Et, chose particulièrement sensible aux vrais géomètres, il n'y a plus à l'espace et au volume qu'une commune mesure qui est Hélène. C'est la mort de tous ces instruments inventés par les hommes pour rapetisser l'univers. Il n'y a plus de mètres, de grammes, de lieues. Il n'y a plus que le pas d'Hélène, la coudée d'Hélène, la portée du regard ou de la voix d'Hélène, et l'air de son passage est la mesure des vents. Elle est notre baromètre[6], notre anémomètre[7] ! Voilà ce qu'ils te disent, les géomètres.

HÉCUBE. – Il pleure, l'idiot.

PRIAM. – Mon cher fils, regarde seulement cette foule, et tu comprendras ce qu'est Hélène. Elle est une espèce d'absolution[8]. Elle prouve à tous ces vieillards que tu vois là au guet et qui ont mis des cheveux blancs au fronton[9] de la ville, à celui-là qui a volé, à celui-là qui trafiquait des femmes, à celui-là qui manqua sa vie, qu'ils avaient au fond d'eux-mêmes une revendication secrète, qui était la beauté. Si la beauté avait été près d'eux, aussi près qu'Hélène l'est aujourd'hui, ils n'auraient pas dévalisé leurs amis, ni vendu leurs filles, ni bu leur héritage. Hélène est leur pardon, et leur revanche, et leur avenir.

---

6. Baromètre : instrument qui mesure la pression atmosphérique.
7. Anémomètre : appareil qui mesure la vitesse du vent.
8. Une espèce d'absolution : elle leur permet de se racheter.
9. Fronton : rempart.

HECTOR. – L'avenir des vieillards me laisse indifférent.

DÉMOKOS. – Hector, je suis poète et juge en poète. Suppose que notre vocabulaire ne soit pas quelquefois touché par la beauté ! Suppose que le mot délice n'existe pas !

HECTOR. – Nous nous en passerions. Je m'en passe déjà. Je ne prononce le mot délice qu'absolument forcé.

DÉMOKOS. – Oui, et tu te passerais du mot volupté[10], sans doute ?

HECTOR. – Si c'était au prix de la guerre qu'il fallût acheter le mot volupté, je m'en passerais.

DÉMOKOS. – C'est au prix de la guerre que tu as trouvé le plus beau, le mot courage.

HECTOR. – C'était bien payé.

HÉCUBE. – Le mot lâcheté a dû être trouvé par la même occasion.

PRIAM. – Mon fils, pourquoi te forces-tu à ne pas nous comprendre ?

HECTOR. – Je vous comprends fort bien. À l'aide d'un quiproquo, en prétendant nous faire battre pour la beauté, vous voulez nous faire battre pour une femme.

PRIAM. – Et tu ne ferais la guerre pour aucune femme ?

HECTOR. – Certainement non !

HÉCUBE. – Et il aurait rudement raison.

CASSANDRE. – S'il n'y en avait qu'une, peut-être. Mais ce chiffre est largement dépassé.

DÉMOKOS. – Tu ne ferais pas la guerre pour reprendre Andromaque ?

---

10. Volupté : plaisir sensuel.

HECTOR. – Andromaque et moi avons déjà convenu de moyens secrets pour échapper à toute prison et nous rejoindre.
DÉMOKOS. – Pour vous rejoindre, si tout espoir est perdu ?
ANDROMAQUE. – Pour cela aussi. [...]

Hécube, Andromaque, Cassandre et même Polyxène s'opposent à l'image idéalisée et en même temps teintée de mépris que Démokos se fait des femmes ; elles refusent d'être des modèles de beauté et de perfection, toutes formées sur le même moule, pour le bon plaisir des hommes.

PRIAM. – Chères filles, votre révolte même prouve que nous avons raison. Est-il une plus grande générosité que celle qui vous pousse à vous battre en ce moment pour la paix, la paix qui vous donnera des maris veules[11], inoccupés, fuyants, quand la guerre vous fera d'eux des hommes !...
DÉMOKOS. – Des héros.
HÉCUBE. – Nous connaissons le vocabulaire. L'homme en temps de guerre s'appelle le héros. Il peut ne pas en être plus brave, et fuir à toutes jambes. Mais c'est du moins un héros qui détale.
ANDROMAQUE. – Mon père, je vous en supplie. Si vous avez cette amitié pour les femmes, écoutez ce que toutes les femmes du monde vous disent par ma voix. Laissez-nous nos maris comme ils sont. Pour qu'ils gardent leur agilité

11. **Veules** : faibles, mous, lâches.

et leur courage, les dieux ont créé autour d'eux tant d'entraîneurs vivants ou non vivants ! Quand ce ne serait que l'orage ! Quand ce ne serait que les bêtes ! Aussi longtemps qu'il y aura des loups, des éléphants, des onces[12], l'homme aura mieux que l'homme comme émule[13] et comme adversaire. Tous ces grands oiseaux qui volent autour de nous, ces lièvres dont nous les femmes confondons le poil avec les bruyères, sont de plus sûrs garants de la vue perçante de nos maris que l'autre cible, que le cœur de l'ennemi emprisonné dans sa cuirasse. Chaque fois que j'ai vu tuer un cerf ou un aigle, je l'ai remercié. Je savais qu'il mourait pour Hector. Pourquoi voulez-vous que je doive Hector à la mort d'autres hommes ?

PRIAM. – Je ne le veux pas, ma petite chérie. Mais savez-vous pourquoi vous êtes là, toutes si belles et si vaillantes ? C'est parce que vos maris et vos pères et vos aïeux furent des guerriers. S'ils avaient été paresseux aux armes, s'ils n'avaient pas su que cette occupation terne et stupide qu'est la vie se justifie soudain et s'illumine par le mépris que les hommes ont d'elle, c'est vous qui seriez lâches et réclameriez la guerre. Il n'y a pas deux façons de se rendre immortel ici-bas, c'est d'oublier qu'on est mortel !

ANDROMAQUE. – Oh ! justement, père, vous le savez bien ! Ce sont les braves qui meurent à la guerre. Pour ne pas y être tué, il faut un grand hasard ou une grande habileté. Il faut avoir courbé la tête ou s'être agenouillé au moins une

12. **Onces :** variété de panthère.
13. **Émule :** personne à égaler, à surpasser, concurrent.

fois devant le danger. Les soldats qui défilent sous les arcs de triomphe sont ceux qui ont déserté la mort. Comment un pays pourrait-il gagner dans son honneur et dans sa force en les perdant tous les deux ?

PRIAM. – Ma fille, la première lâcheté est la première ride d'un peuple.

ANDROMAQUE. – Où est la pire lâcheté ? Paraître lâche vis-à-vis des autres, et assurer la paix ? Ou être lâche vis-à-vis de soi-même et provoquer la guerre ?

DÉMOKOS. – La lâcheté est de ne pas préférer à toute mort la mort pour son pays.

HÉCUBE. – J'attendais la poésie à ce tournant. Elle n'en manque pas une.

ANDROMAQUE. – On meurt toujours pour son pays ! Quand on a vécu en lui digne, actif, sage, c'est pour lui aussi qu'on meurt. Les tués ne sont pas tranquilles sous la terre, Priam. Ils ne se fondent pas en elle pour le repos et l'aménagement éternel. Ils ne deviennent pas sa glèbe[14], sa chair. Quand on retrouve dans le sol une ossature humaine, il y a toujours une épée près d'elle. C'est un os de la terre, un os stérile. C'est un guerrier.

HÉCUBE. – Ou alors que les vieillards soient les seuls guerriers. Tout pays est le pays de la jeunesse. Il meurt quand la jeunesse meurt.

DÉMOKOS. – Vous nous ennuyez avec votre jeunesse. Elle sera la vieillesse dans trente ans.

CASSANDRE. – Erreur.

---

14. Glèbe : sol cultivé, terre.

HÉCUBE. – Erreur ! Quand l'homme adulte touche à ses quarante ans, on lui substitue un vieillard. Lui disparaît. Il n'y a que des rapports d'apparence entre les deux. Rien de l'un ne continue en l'autre.

DÉMOKOS. – Le souci de ma gloire a continué, Hécube.

HÉCUBE. – C'est vrai. Et les rhumatismes...

Nouveaux éclats de rire des servantes.

HECTOR. – Et tu écoutes cela sans mot dire, Pâris ! Et il ne te vient pas à l'esprit de sacrifier une aventure pour nous sauver d'années de discorde[15] et de massacre ?

PÂRIS. – Que veux-tu que je te dise ! Mon cas est international.

HECTOR. – Aimes-tu vraiment Hélène, Pâris ?

CASSANDRE. – Ils sont le symbole de l'amour. Ils n'ont même plus à s'aimer.

PÂRIS. – J'adore Hélène.

CASSANDRE, *au rempart.* – La voilà, Hélène.

HECTOR. – Si je la convaincs de s'embarquer, tu acceptes ?

PÂRIS. – J'accepte, oui.

HECTOR. – Père, si Hélène consent à repartir pour la Grèce, vous la retiendrez de force ?

PRIAM. – Pourquoi mettre en question l'impossible ?

HÉCUBE. – Et pourquoi l'impossible ? Si les femmes sont le quart de ce que vous prétendez, Hélène partira d'elle-même.

---

15. Discorde : désaccord violent.

PÂRIS. – Père, c'est moi qui vous en prie. Vous les voyez et entendez. Cette tribu royale, dès qu'il est question d'Hélène, devient aussitôt un assemblage de belle-mère, de belles-sœurs, et de beau-père digne de la meilleure bourgeoisie. Je ne connais pas d'emploi plus humiliant dans une famille nombreuse que le rôle du fils séducteur. J'en ai assez de leurs insinuations. J'accepte le défi d'Hector.

DÉMOKOS. – Hélène n'est pas à toi seul, Pâris. Elle est à la ville. Elle est au pays.

LE GÉOMÈTRE. – Elle est au paysage.

HÉCUBE. – Tais-toi, géomètre.

CASSANDRE. – La voilà, Hélène...

HECTOR. – Père, je vous le demande. Laissez-moi ce recours[16]. Écoutez... On nous appelle pour la cérémonie. Laissez-moi et je vous rejoins.

PRIAM. – Vraiment, tu acceptes, Pâris ?

PÂRIS. – Je vous en conjure[17].

PRIAM. – Soit. Venez, mes enfants. Allons préparer les portes de la guerre.

CASSANDRE. – Pauvres portes ! Il faut plus d'huile pour les fermer que pour les ouvrir.

Priam et sa suite s'éloignent.

[...]

Démokos déclame des vers à la gloire d'Hélène et se fait chasser par Hector. Cassandre annonce l'arrivée d'Hélène.

---

16. Recours : ressource, dernier moyen, dernière possibilité.
17. Conjure : supplie.

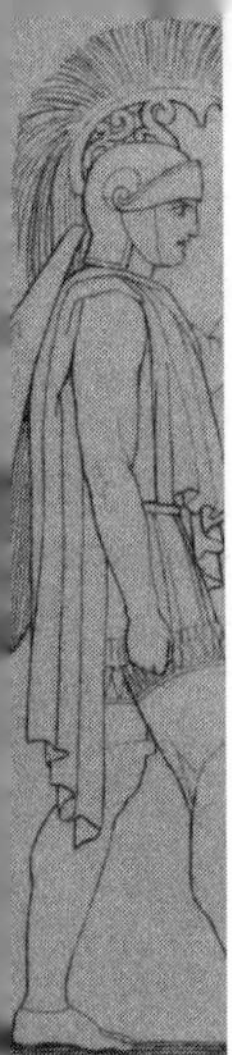

QUESTIONS SUR L'ACTE I, SCÈNE 6

AI-JE BIEN LU ?

1 Peut-on encore éviter la guerre à Troie ? À quelle condition ?

2 **a.** Quels personnages prônent la paix ? Lesquels sont partisans de la guerre ?

b. De quel côté les femmes sont-elles ?

3 **a.** À quelle condition Pâris accepte-t-il de laisser partir Hélène ?

b. Quelle mission Hector se donne-t-il auprès d'Hélène ?

c. Si Hector réussit sa mission, de quel côté Pâris et Priam se rangeront-ils ?

J'ANALYSE LE TEXTE

Hélène, un enjeu national

— Hélène, objet d'adoration

4 Pour quels personnages Hélène symbolise-t-elle la beauté ?

5 **a.** Qu'a apporté la présence d'Hélène à Troie selon le Géomètre ?

b. Que représente Hélène pour Priam et les vieillards de Troie (l. 99-109) ?

6 Quelles répliques de Démokos et du Géomètre montrent qu'Hélène n'appartient plus à Pâris mais est devenue un enjeu national (l. 241-245) ?

— Hélène, objet de mépris

7 **a.** Hector est-il sensible à la beauté d'Hélène ? Quelle partie de son corps remarque-t-il ? Le registre est-il celui d'une tragédie ?

b. Montrez que par ailleurs Hector cherche à rabaisser Hélène, notamment dans les lignes 38-39.

8 Relevez les phrases par lesquelles Hécube et Cassandre raillent Hélène et ironisent sur son physique (l. 21-60).

Certaines **ambiguïtés** à propos d'Hélène sont critiques et grivoises, et peuvent renvoyer à la prostitution.

9 La beauté « court les rues » (l. 39), « Elle fait le chemin de ronde » (l. 10-11) : qui prononce chacune de ces phrases ? Quel double sens chacune d'elle revêt-elle selon vous ?

Le thème de la guerre

— Une guerre absurde

10 **a.** Que répond Pâris lorsque Hector lui demande s'il aime Hélène (l. 221) ?
b. Pourquoi accepte-t-il cependant le défi d'Hector qui cherche à renvoyer Hélène en Grèce (l. 234-240) ?
c. Montrez qu'il ramène la situation à une histoire de famille.
d. En quoi une guerre avec la Grèce serait-elle absurde ?

— Prestige et mensonge des mots

11 **a.** Par quels mots Démokos rend-il la guerre séduisante ? Appuyez-vous sur les répliques suivantes.
– « Nous connaissons le vocabulaire. L'homme en temps de guerre s'appelle le héros. Il peut ne pas en être plus brave. » (l. 149-151)
– « En prétendant nous faire battre pour la beauté, vous voulez nous faire battre pour une femme. » (l. 127-128)
– « C'est au prix de la guerre que tu as trouvé le plus beau, le mot courage. » (l. 119-120)
b. Retrouvez les auteurs des répliques. Quels personnages mettent en lumière la mauvaise foi de Démokos ?

— Le débat sur la guerre et le patriotisme

12 Comment Andromaque réfute-t-elle chacun des propos suivants par lesquels Priam vante la guerre ?

a. « La paix qui vous donnera des maris veules, inoccupés, fuyants quand la guerre vous fera d'eux des hommes !... » (l. 144-146)
b. « Il n'y a pas deux façons de se rendre immortel ici-bas, c'est oublier qu'on est mortel ! » (l. 176-178)
c. « La première lâcheté est la première ride d'un peuple. » (l. 187-188)

13 **a.** En quoi le patriotisme consiste-t-il pour Démokos (l. 192-193) ?
b. Quelle notion du patriotisme Andromaque lui oppose-t-elle (l. 196-203) ?

Les attentes du spectateur

14 **a.** « Allons préparer les portes de la guerre » (l. 251-252) : sur quelle note optimiste la scène s'achève-t-elle ?
b. « Il faut plus d'huile pour les fermer que pour les ouvrir » (l. 253-254) : cet optimisme est-il absolu ?

15 Quel personnage le spectateur attend-il ? Quelle question se pose-t-il ?

J'ÉTUDIE LA LANGUE

Grammaire : les circonstancielles introduites par « si »

> Ces propositions expriment la condition ou l'hypothèse. Selon le sens de la phrase, l'action soumise à condition peut sembler réalisable ou non.

16 Parmi les phrases suivantes, lesquelles présentent les faits comme éventuellement réalisables dans le présent (éventuel) ou l'avenir (potentiel), laquelle comme un fait qui ne s'est pas réalisé dans le passé (irréel du passé).
– « Si c'était au prix de la guerre qu'il fallût acheter le mot "volupté", je m'en passerais. »

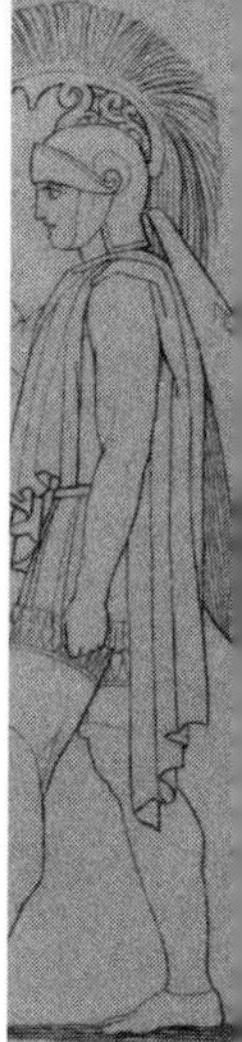

– « S'ils avaient été paresseux aux armes... c'est vous qui seriez lâches et réclameriez la guerre. »
– « Si je la convaincs de s'embarquer, tu acceptes ? »

J'ÉCRIS

Écrire un dialogue de théâtre

17 Écrivez un dialogue théâtral d'une quinzaine de lignes dans lequel Hector exposera à Priam les raisons pour lesquelles lui aussi condamne la guerre alors qu'il est considéré par tous comme un grand chef de guerre et un héros.

CONSIGNES D'ÉCRITURE
- Respecter les codes du théâtre (disposition du nom des personnages, des répliques, insertion de didascalies pour marquer le ton, les gestes, les sentiments...).
- L'intervention d'Hector commencera par : *Mon cher père* et vous insérerez au cours du dialogue l'expression *Écoutez ce que tous les guerriers de Troie vous disent par ma voix.*
- Hector devra avancer au moins deux arguments et les justifier.
- Priam montrera sa surprise et son mécontentement.
- Vous pourrez aussi faire intervenir Démokos.

POUR ALLER PLUS LOIN

Un anachronisme

Les portes de la guerre dont il est fait mention dans la pièce n'appartiennent ni au monde antique grec ni au monde troyen mais à la Rome antique.
En effet, c'est à Rome, sur le forum, que l'on fermait ou ouvrait les portes du temple de Janus construit sous le règne de Numa Pompilius pour signifier que Rome était en paix ou en guerre.

PREMIER ACTE

Scène septième

HÉLÈNE, PÂRIS, HECTOR

PÂRIS. – Hélène chérie, voici Hector. Il a des projets sur toi, des projets tout simples. Il veut te rendre aux Grecs et te prouver que tu ne m'aimes pas… Dis-moi que tu m'aimes, avant que je te laisse avec lui… Dis-le-moi comme tu le penses.

HÉLÈNE. – Je t'adore, chéri.

PÂRIS. – Dis-moi qu'elle était belle, la vague qui t'emporta de Grèce.

HÉLÈNE. – Magnifique ! Une vague magnifique !… Où as-tu vu une vague ? La mer était si calme…

PÂRIS. – Dis-moi que tu hais Ménélas…

HÉLÈNE. – Ménélas ? Je le hais.

PÂRIS. – Tu n'as pas fini… Je ne retournerai jamais en Grèce. Répète.

HÉLÈNE. – Tu ne retourneras jamais en Grèce.

PÂRIS. – Non, c'est de toi qu'il s'agit.

HÉLÈNE. – Bien sûr ! Que je suis sotte !… Jamais je ne retournerai en Grèce.

PÂRIS. – Je ne le lui fais pas dire… À toi maintenant.

Il s'en va.

QUESTIONS SUR L'ACTE I, SCÈNE 7

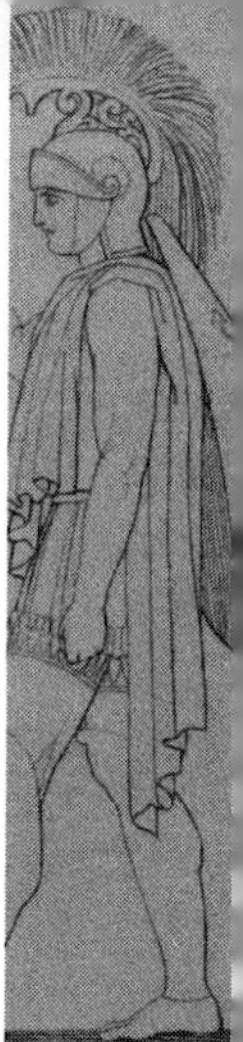

AI-JE BIEN LU ?

1 Pâris annonce à Hélène les projets d'Hector. Quels sont-ils ?
2 Que cherche-t-il à obtenir de la jeune femme ?
3 Que lui demande-t-il de faire ? Hélène se prête-t-elle à ses exigences ?

J'ANALYSE LE TEXTE

Le couple Hélène-Pâris

4 Pâris est-il prêt à renoncer à Hélène ? Contredit-il ou non son attitude précédente ?
5 Hélène semble-t-elle très concernée par ce que lui dit Pâris ? À quels détails le perçoit-on ?
6 Reprend-elle systématiquement les termes utilisés par Pâris ? Justifiez.
7 **a.** Peut-on parler de véritable dialogue entre les deux personnages ? Justifiez.
b. Que peut-on en déduire sur la réalité de leur couple ?
8 Quelle image d'elle-même la jeune femme donne-t-elle dans cette scène ? Est-ce celle à laquelle le spectateur s'attendait ?

Le comique

9 Quel est l'effet produit par le double emploi du mot « chéri(e) » ? Appartient-il au registre de la tragédie ?
10 **a.** Par quelle formule répétée quatre fois Pâris suscite-t-il et oriente-t-il les réponses d'Hélène ?
b. Quel est l'effet produit par le mécanisme de ces réponses ? À quel moment ne fonctionne-t-il plus ? Comment peut-on interpréter cette erreur.
11 « Je ne le lui fais pas dire » (l. 19) : pourquoi cette phrase est-elle amusante ici ?

J'ÉTUDIE LA LANGUE

Grammaire : les types et formes de phrases

- Il y a quatre types de phrases : **déclarative**, **injonctive**, **interrogative**, **exclamative**.
- Une phrase peut être de forme **affirmative**, **négative**, **emphatique** (met un terme en valeur). Ex : ***C'est** Pâris **que** j'aime. / **Pâris,** je **l'**aime* ; la phrase neutre, sans mise en valeur, étant : *J'aime Pâris*).

12 Identifiez les types de phrases : **a.** « Que je suis sotte ! » **b.** « Je ne retournerai jamais en Grèce. » **c.** « Répète. » **d.** « Où as-tu vu une vague ? »

13 « C'est de toi qu'il s'agit. » (l. 16)

a. Quel mot est mis en valeur ? Par quelle tournure ?

b. Réécrivez la phrase en supprimant la mise en valeur.

JE JOUE LA SCÈNE

14 Avec deux de vos camarades vous allez interpréter cette scène devant la classe.

CONSIGNES DE JEU

- Commencez par apprendre le texte par cœur, ce qui facilitera votre jeu.
- Le ton de Pâris sera autoritaire et pressant en même temps (n'oubliez pas qu'il ne veut pas qu'Hélène quitte Troie).
- Hélène répète les paroles de Pâris docilement ; on peut penser qu'elle ne comprend pas ce qu'elle dit ou du moins qu'elle le prétend. Elle peut sembler indifférente à ce qui se passe ou un peu agacée par la pression qu'exerce sur elle Pâris. À vous d'orienter la scène.
- Hector n'intervient pas mais il écoute tout ce qui se dit.
- Imaginez aussi leurs gestes car ils ne vont pas rester immobiles.

Scène huitième

HÉLÈNE, HECTOR

HECTOR. – C'est beau, la Grèce ?

HÉLÈNE. – Pâris l'a trouvée belle.

HECTOR. – Je vous demande si c'est beau la Grèce sans Hélène ?

HÉLÈNE. – Merci pour Hélène.

HECTOR. – Enfin, comment est-ce, depuis qu'on en parle ?

HÉLÈNE. – C'est beaucoup de rois et de chèvres éparpillés sur du marbre.

HECTOR. – Si les rois sont dorés et les chèvres angora, cela ne doit pas être mal au soleil levant.

HÉLÈNE. – Je me lève tard.

HECTOR. – Des dieux aussi, en quantité ? Pâris dit que le ciel en grouille[1], que des jambes de déesses en pendent.

HÉLÈNE. – Pâris va toujours le nez levé. Il peut les avoir vues.

HECTOR. – Vous, non ?

HÉLÈNE. – Je ne suis pas douée. Je n'ai jamais pu voir un poisson dans la mer. Je regarderai mieux quand j'y retournerai.

HECTOR. – Vous venez de dire à Pâris que vous n'y retourneriez jamais.

HÉLÈNE. – Il m'a priée de le dire. J'adore obéir à Pâris.

1. **Grouiller :** être rempli, envahi.

HECTOR. – Je vois. C'est comme pour Ménélas. Vous ne le haïssez pas ?

HÉLÈNE. – Pourquoi le haïrais-je ?

HECTOR. – Pour la seule raison qui fasse vraiment haïr. Vous l'avez trop vu.

HÉLÈNE. – Ménélas ? Oh ! non ! Je n'ai jamais bien vu Ménélas, ce qui s'appelle vu. Au contraire.

HECTOR. – Votre mari ?

HÉLÈNE. – Entre les objets et les êtres, certains sont colorés pour moi. Ceux-là je les vois. Je crois en eux. Je n'ai jamais bien pu voir Ménélas.

HECTOR. – Il a dû pourtant s'approcher très près.

HÉLÈNE. – J'ai pu le toucher. Je ne peux pas dire que je l'ai vu.

HECTOR. – On dit qu'il ne vous quittait pas.

HÉLÈNE. – Évidemment. J'ai dû le traverser bien des fois sans m'en douter.

HECTOR. – Tandis que vous avez vu Pâris ?

HÉLÈNE. – Sur le ciel, sur le sol, comme une découpure.

HECTOR. – Il s'y découpe encore ? Regardez-le, là-bas, adossé au rempart.

HÉLÈNE. – Vous êtes sûr que c'est Pâris, là-bas ?

HECTOR. – C'est lui qui vous attend.

HÉLÈNE. – Tiens ! Il est beaucoup moins net !

HECTOR. – Le mur est cependant passé à la chaux fraîche. Tenez, le voilà de profil !

HÉLÈNE. – C'est curieux comme ceux qui vous attendent se découpent moins bien que ceux que l'on attend !

HECTOR. – Vous êtes sûre qu'il vous aime, Pâris ?

HÉLÈNE. – Je n'aime pas beaucoup connaître les sentiments des autres. Rien ne gêne comme cela. C'est comme au jeu quand on voit dans le jeu de l'adversaire. On est sûr de perdre.

HECTOR. – Et vous, vous l'aimez ?

HÉLÈNE. – Je n'aime pas beaucoup connaître non plus mes propres sentiments.

HECTOR. – Voyons ! Quand vous venez d'aimer Pâris, qu'il s'assoupit dans vos bras, quand vous êtes encore ceinturée par Pâris, comblée par Pâris, vous n'avez aucune pensée ?

HÉLÈNE. – Mon rôle est fini. Je laisse l'univers penser à ma place. Cela, il le fait mieux que moi.

HECTOR. – Mais le plaisir vous rattache bien à quelqu'un, aux autres ou à vous-même.

HÉLÈNE. – Je connais surtout le plaisir des autres... Il m'éloigne des deux...

HECTOR. – Il y a eu beaucoup de ces autres, avant Pâris ?

HÉLÈNE. – Quelques-uns.

HECTOR. – Et il y en aura d'autres après lui, n'est-ce pas, pourvu qu'ils se découpent sur l'horizon, sur le mur ou sur le drap ? C'est bien ce que je supposais. Vous n'aimez pas Pâris, Hélène. Vous aimez les hommes !

HÉLÈNE. – Je ne les déteste pas. C'est agréable de les frotter contre soi comme de grands savons. On en est toute pure...

HECTOR. – Cassandre ! Cassandre !

PREMIER ACTE

Scène neuvième

HÉLÈNE, CASSANDRE, HECTOR, DEUX MESSAGERS

CASSANDRE. – Qu'y a-t-il ?

HECTOR. – Tu me fais rire. Ce sont toujours les devineresses qui questionnent.

CASSANDRE. – Pourquoi m'appelles-tu ?

HECTOR. – Cassandre, Hélène repart ce soir avec l'envoyé grec.

HÉLÈNE. – Moi ? Que contez-vous là ?

HECTOR. – Vous ne venez pas de me dire que vous n'aimez pas très particulièrement Pâris ?

HÉLÈNE. – Vous interprétez. Enfin, si vous voulez.

HECTOR. – Je cite mes auteurs. Que vous aimez surtout frotter les hommes contre vous comme de grands savons ?

HÉLÈNE. – Oui. Ou de la pierre ponce, si vous aimez mieux. Et alors ?

HECTOR. – Et alors, entre ce retour vers la Grèce qui ne vous déplaît pas, et une catastrophe aussi redoutable que la guerre, vous hésiteriez à choisir ?

HÉLÈNE. – Vous ne me comprenez pas du tout, Hector. Je n'hésite pas à choisir. Ce serait trop facile de dire «Je fais ceci», ou «Je fais cela» pour que ceci ou cela se fît. Vous avez découvert que je suis faible. Vous en êtes tout joyeux. L'homme qui découvre la faiblesse d'une femme, c'est le chasseur à midi qui découvre une source. Il s'en abreuve[2].

---

2. Il s'en abreuve : il boit l'eau de la source.

Mais n'allez pourtant pas croire, parce que vous avez convaincu la plus faible des femmes, que vous avez convaincu l'avenir. Ce n'est pas en manœuvrant des enfants qu'on détermine le destin…

HECTOR. – Les subtilités et les riens grecs m'échappent.

HÉLÈNE. – Il ne s'agit pas de subtilités et de riens. Il s'agit au moins de monstres et de pyramides.

HECTOR. – Choisissez-vous le départ, oui ou non ?

HÉLÈNE. – Ne me brusquez pas… Je choisis les événements comme je choisis les objets et les hommes. Je choisis ceux qui ne sont pas pour moi des ombres. Je choisis ceux que je vois.

HECTOR. – Je sais, vous l'avez dit : ceux que vous voyez colorés. Et vous ne vous voyez pas rentrant dans quelques jours au palais de Ménélas ?

HÉLÈNE. – Non. Difficilement.

HECTOR. – On peut habiller votre mari très brillant pour ce retour.

HÉLÈNE. – Toute la pourpre[3] de toutes les coquilles ne me le rendrait pas visible.

HECTOR. – Voici ta concurrente, Cassandre. Celle-là aussi lit l'avenir.

HÉLÈNE. – Je ne lis pas l'avenir. Mais dans cet avenir, je vois des scènes colorées, d'autres ternes. Jusqu'ici ce sont toujours les scènes colorées qui ont eu lieu.

HECTOR. – Nous allons vous remettre aux Grecs en plein midi, sur le sable aveuglant, entre la mer violette et le mur ocre. Nous serons tous en cuirasse d'or à jupe rouge,

---

3. Pourpre : matière colorante rouge vif extraite d'un mollusque.

et entre mon étalon blanc et la jument noire de Priam, mes sœurs en péplum[4] vert vous remettront nue à l'ambassadeur grec, dont je devine, au-dessus du casque d'argent, le plumet amarante[5]. Vous voyez cela, je pense ?

HÉLÈNE. – Non, du tout. C'est tout sombre.

HECTOR. – Vous vous moquez de moi, n'est-ce pas ?

HÉLÈNE. – Me moquer, pourquoi ? Allons ! Partons, si vous voulez ! Allons nous préparer pour ma remise aux Grecs. Nous verrons bien.

HECTOR. – Vous doutez-vous que vous insultez l'humanité, ou est-ce inconscient ?

HÉLÈNE. – J'insulte quoi ?

HECTOR. – Vous doutez-vous que votre album de chromos[6] est la dérision[7] du monde ? Alors que tous ici nous nous battons, nous nous sacrifions pour fabriquer une heure qui soit à nous, vous êtes là à feuilleter vos gravures prêtes de toute éternité !... Qu'avez-vous ? À laquelle vous arrêtez-vous avec ces yeux aveugles ? À celle sans doute où vous êtes sur ce même rempart, contemplant la bataille ? Vous la voyez, la bataille ?

HÉLÈNE. – Oui.

HECTOR. – Et la ville s'effondre ou brûle, n'est-ce pas ?

HÉLÈNE. – Oui. C'est rouge vif.

HECTOR. – Et Pâris ? Vous voyez le cadavre de Pâris traîné derrière un char[8] ?

---

4. Péplum : mot latin désignant une tunique sans manches qui s'agrafe à l'épaule.
5. Amarante : rouge foncé.
6. Album de chromos : album d'images en couleurs de mauvais goût.
7. Dérision : mépris.
8. Vous voyez... un char : en fait, c'est le cadavre d'Hector qui sera traîné derrière le char d'Achille. Pâris, lui, sera blessé mortellement par une flèche tirée par Philoctète.

HÉLÈNE. – Ah ! vous croyez que c'est Pâris ? Je vois en effet un morceau d'aurore qui roule dans la poussière. Un diamant à sa main étincelle... Mais oui !... Je reconnais souvent mal les visages, mais toujours les bijoux. C'est bien sa bague.

HECTOR. – Parfait... Je n'ose vous questionner sur Andromaque et sur moi... Sur le groupe Andromaque-Hector... Vous le voyez ! Ne niez pas. Comment le voyez-vous ? Heureux, vieilli, luisant ?

HÉLÈNE. – Je n'essaie pas de le voir.

HECTOR. – Et le groupe Andromaque pleurant sur le corps d'Hector, il luit ?

HÉLÈNE. – Vous savez, je peux très bien voir luisant, extraordinairement luisant, et qu'il n'arrive rien. Personne n'est infaillible.

HECTOR. – N'insistez pas. Je comprends... Il y a un fils entre la mère qui pleure et le père étendu ?

HÉLÈNE. – Oui... Il joue avec les cheveux emmêlés du père... Il est charmant.

HECTOR. – Et elles sont au fond de vos yeux ces scènes ? On peut les y voir ?

HÉLÈNE. – Je ne sais pas. Regardez.

HECTOR. – Plus rien ! Plus rien que la cendre de tous ces incendies, l'émeraude et l'or en poudre ! Qu'elle est pure, la lentille[9] du monde ! Ce ne sont pourtant pas les pleurs qui doivent la laver... Tu pleurerais, si on allait te tuer, Hélène ?

---

9. **Lentille :** terme d'optique désignant l'œil d'Hélène qui reflète le monde.

HÉLÈNE. – Je ne sais pas. Mais je crierais. Et je sens que je vais crier, si vous continuez ainsi, Hector... Je vais crier.

HECTOR. – Tu repartiras ce soir pour la Grèce, Hélène, ou je te tue.

HÉLÈNE. – Mais je veux bien partir ! Je suis prête à partir. Je vous répète seulement que je ne peux arriver à rien distinguer du navire qui m'emportera. Je ne vois scintiller ni la ferrure du mât de misaine[10], ni l'anneau du nez du capitaine, ni le blanc de l'œil du mousse.

HECTOR. – Tu rentreras sur une mer grise, sous un soleil gris. Mais il nous faut la paix.

HÉLÈNE. – Je ne vois pas la paix.

HECTOR. – Demande à Cassandre de te la montrer. Elle est sorcière. Elle évoque formes et génies.

UN MESSAGER. – Hector, Priam te réclame ! Les prêtres s'opposent à ce que l'on ferme les portes de la guerre ! Ils disent que les dieux y verraient une insulte.

HECTOR. – C'est curieux comme les dieux s'abstiennent de parler eux-mêmes dans les cas difficiles.

LE MESSAGER. – Ils ont parlé eux-mêmes. La foudre est tombée sur le temple, et les entrailles des victimes sont contre le renvoi d'Hélène.

HECTOR. – Je donnerais beaucoup pour consulter aussi les entrailles des prêtres... Je te suis.

Le guerrier sort.

HECTOR. – Ainsi, vous êtes d'accord, Hélène ?

---

10. Mât de misaine : mât vertical à l'avant du navire.

Mise en scène de Jean Vilar avec Christiane Minazzoli et Pierre Vaneck, Paris, TNP, février 1963.

HÉLÈNE. – Oui.

HECTOR. – Vous direz désormais ce que je vous dirai de dire ? Vous ferez ce que je vous dirai de faire ?

HÉLÈNE. – Oui.

HECTOR. – Devant Ulysse, vous ne me contredirez pas, vous abonderez dans mon sens[11] ?

---

11. **Vous abonderez dans mon sens :** vous direz comme moi.

HÉLÈNE. – Oui.

HECTOR. – Écoute-la, Cassandre. Écoute ce bloc de négation qui dit oui ! Tous m'ont cédé. Pâris m'a cédé, Priam m'a cédé, Hélène me cède. Et je sens qu'au contraire dans chacune de ces victoires apparentes, j'ai perdu. On croit lutter contre des géants, on va les vaincre et il se trouve qu'on lutte contre quelque chose d'inflexible qui est un reflet sur la rétine d'une femme. Tu as beau me dire oui, Hélène, tu es comble d'une obstination qui me nargue !

HÉLÈNE. – C'est possible. Mais je n'y peux rien. Ce n'est pas la mienne.

HECTOR. – Par quelle divagation[12] le monde a-t-il été placer son miroir dans cette tête obtuse[13] !

HÉLÈNE. – C'est regrettable, évidemment. Mais vous voyez un moyen de vaincre l'obstination des miroirs ?

HECTOR. – Oui. C'est à cela que je songe depuis un moment.

HÉLÈNE. – Si on les brise, ce qu'ils reflétaient n'en demeure peut-être pas moins ?

HECTOR. – C'est là toute la question.

AUTRE MESSAGER. – Hector, hâte-toi. La plage est en révolte. Les navires des Grecs sont en vue, et ils ont hissé leur pavillon non au ramat mais à l'écoutière[14]. L'honneur de notre marine est en jeu. Priam craint que l'envoyé ne soit massacré à son débarquement.

HECTOR. – Je te confie Hélène, Cassandre. J'enverrai mes ordres.

---

12. Divagation : erreur, élucubration.
13. Tête obtuse : esprit borné, « bouché ».
14. Ramat et écoutière : mots inventés, semble-t-il, par Giraudoux ; l'écoute est un cordage servant à orienter une voile et à l'amarrer à son coin inférieur, sous le vent.

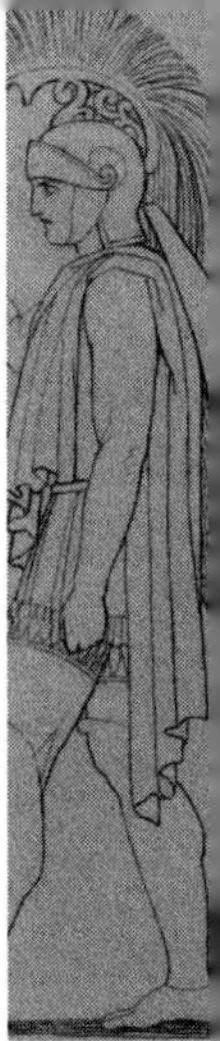

QUESTIONS SUR L'ACTE I, SCÈNES 8 ET 9

AI-JE BIEN LU ?

1 Pourquoi Hector pense-t-il dans un premier temps qu'Hélène retournera en Grèce ?

2 Dans son échange avec Hélène, Hector prend peu à peu conscience qu'il va se heurter à un obstacle invisible, lequel ?

3 Quelles nouvelles les messagers annoncent-ils dans la scène 9 ? La situation de Troie s'aggrave-t-elle ?

J'ANALYSE LE TEXTE

Le personnage d'Hélène

— Une femme insaisissable

4 Hélène aime-t-elle Ménélas ? Pâris ? Justifiez.

5 Montrez qu'Hélène semble ne pas avoir de sentiments et qu'elle est dans une fuite perpétuelle des autres et d'elle-même.

6 En même temps, de quelle délicatesse fait-elle preuve envers Hector lorsque celui-ci évoque la vision de sa propre mort ?

— L'intuition du destin

7 **a.** Hélène choisit-elle clairement de partir en Grèce ou de rester à Troie ?

b. Pourquoi pense-t-elle que son choix n'aurait aucune importance ? Qui, selon elle, dirige le cours des choses ?

c. Contre quoi met-elle en garde Hector (l. 100-103) ?

— Un don de voyance

8 De quelle façon le pouvoir de connaître l'avenir se manifeste-t-il chez Hélène ?

9 Relevez et expliquez la métaphore du miroir, par rapport à ce don de voyance (l. 176-177, 217-218 et 222-223).

10 Quelle résonance tragique la ligne 191 revêt-elle ?

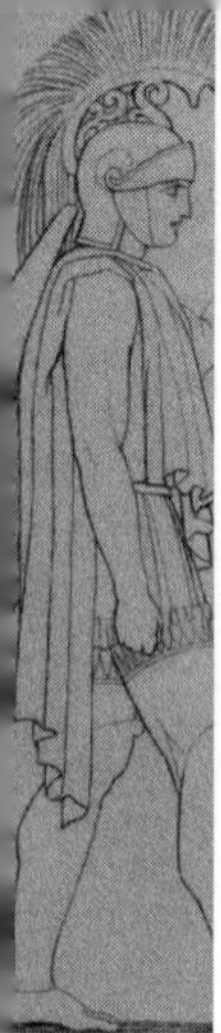

Hector : de l'assurance au doute

11 Quelle réplique au début de la scène 9 montre qu'Hector croit avoir triomphé ?

12 **a.** Quel sentiment s'insinue en lui (l. 113-114) ?

b. Relevez le champ lexical de la couleur et de la lumière des lignes 125-131. Pourquoi, selon vous, Hector colorise-t-il la scène ?

13 Hector pense-t-il avoir encore du pouvoir sur le cours des choses (l. 214-215) ? Quelle vérité tragique Hélène lui fait-elle entrevoir ?

14 Pourquoi songe-t-il à briser le miroir (l. 226) ? Cela servirait-il ?

Une guerre inéluctable

— Une vision tragique

> L'**anticipation** dans un récit ou une pièce de théâtre permet d'annoncer un événement qui se produira plus tard.

15 **a.** Quelles visions tragiques Hélène a-t-elle de la guerre de Troie (l. 148-173) ?

b. Quelles questions Hector lui pose-t-il sur son propre sort et sur celui d'Andromaque et de son fils ? Quel est l'effet produit sur le spectateur qui connaît la légende ?

c. Dans quelles répliques (l. 158-173) Hector laisse-t-il entendre qu'il a compris ce que voulait lui cacher Hélène ?

16 Quels signes les dieux envoient-ils ? Se manifestent-ils pour ou contre le renvoi d'Hélène (l. 199-201) ?

— Les portes de la guerre : la dimension symbolique

> Giraudoux fait de l'ouverture et de la fermeture des portes de la guerre l'enjeu de son intrigue.

17 Qui allait fermer les portes de la guerre à la scène 6 ? Pourquoi l'opération n'a-t-elle pas pu se faire ?

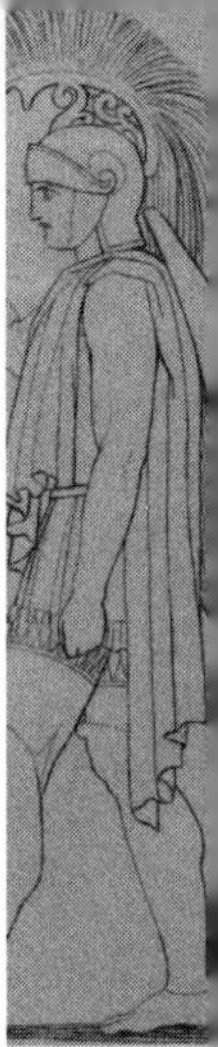

J'ÉTUDIE LA LANGUE

Vocabulaire : sens propre et sens figuré

On dit d'un mot qu'il est employé au **sens propre** lorsqu'il est employé dans son sens premier, c'est-à-dire dans son sens le plus simple et le plus courant.
Les **sens figurés** sont les sens qui dérivent du sens premier. Le sens figuré, plus imagé, permet à celui qui écrit de faire passer une sensation, une émotion, une idée.

18 Le verbe « voir » est employé à plusieurs reprises dans la scène 8. Quelles différences de sens voyez-vous entre les quatre occurrences suivantes. – « Je n'ai jamais pu voir un poisson dans la mer. » – « Je vois. » – « Vous l'avez trop vu. » – « Je n'ai jamais bien vu Ménélas, ce qui s'appelle vu. »

J'ÉCRIS

Introduire des didascalies

Les **didascalies** sont les indications de jeu, de ton, de décor... fournies par l'auteur à l'intention des acteurs et du metteur en scène. Elles sont notées le plus souvent en italique.

19 Introduisez des didascalies dans le passage de la scène 9 qui commence à « Vous doutez-vous que vous insultez l'humanité... » (l. 137) jusqu'à « Je ne vois pas la paix. » (l. 191).

CONSIGNES D'ÉCRITURE
- Les didascalies indiqueront le ton sur lequel parlent les deux personnages : n'oubliez pas qu'Hector éprouve une succession de sentiments dont le ton est révélateur.
- Elles indiqueront les gestes.
- Elles indiqueront les allées et venues sur la scène.

PREMIER ACTE

Scène dixième

HÉLÈNE, CASSANDRE, PUIS LA PAIX

CASSANDRE. – Moi je ne vois rien, coloré ou terne. Mais chaque être pèse sur moi par son approche même. À l'angoisse de mes veines, je sens son destin.

HÉLÈNE. – Moi, dans mes scènes colorées, je vois quelquefois un détail plus étincelant encore que les autres. Je ne l'ai pas dit à Hector. Mais le cou de son fils est illuminé, la place du cou où bat l'artère...

CASSANDRE. – Moi, je suis comme un aveugle qui va à tâtons. Mais c'est au milieu de la vérité que je suis aveugle. Eux tous voient, et ils voient le mensonge. Je tâte la vérité.

HÉLÈNE. – Notre avantage, c'est que nos visions se confondent avec nos souvenirs, l'avenir avec le passé ! On devient moins sensible... C'est vrai que vous êtes sorcière, que vous pouvez évoquer la paix ?

CASSANDRE. – La paix ? Très facile. Elle écoute en mendiante derrière chaque porte... La voilà.

La Paix apparaît.

HÉLÈNE. – Comme elle est jolie !

LA PAIX. – Au secours, Hélène, aide-moi !

HÉLÈNE. – Mais comme elle est pâle.

LA PAIX. – Je suis pâle ? Comment, pâle ! Tu ne vois pas cet or dans mes cheveux ?

HÉLÈNE. – Tiens, de l'or gris ? C'est une nouveauté...

La Paix. – De l'or gris ! Mon or est gris ?

La Paix disparaît.

Hélène. – Elle a disparu ?

Cassandre. – Je pense qu'elle se remet un peu de rouge.

La Paix reparaît, outrageusement fardée.

La Paix. – Et comme cela ?

Hélène. – Je la vois de moins en moins.

La Paix. – Et comme cela ?

Cassandre. – Hélène ne te voit pas davantage.

La Paix. – Tu me vois, toi, puisque tu me parles !

Cassandre. – C'est ma spécialité de parler à l'invisible.

La Paix. – Que se passe-t-il donc ? Pourquoi les hommes dans la ville et sur la plage poussent-ils ces cris ?

Cassandre. – Il paraît que leurs dieux entrent dans le jeu et aussi leur honneur.

La Paix. – Leurs dieux ! Leur honneur !

Cassandre. – Oui... Tu es malade !

Le rideau tombe

QUESTIONS SUR L'ACTE I, SCÈNE 10

AI-JE BIEN LU ?

1 Quel don les deux jeunes femmes ont-elles en commun ?
2 Quel est leur sujet de discussion ?
3 Quel personnage Cassandre fait-elle apparaître ?

J'ANALYSE LE TEXTE

Deux manières de percevoir l'avenir

4 **a.** Par quel mot commencent les trois premières répliques ?
b. Que met en relief la répétition de ce mot ?
5 « Je vois » (l. 4), « je sens » (l. 3), « je tâte » (l. 10) : par quelles sensations chacune des princesses perçoit-elle le destin ?
6 À qui Cassandre se compare-t-elle ? Quelle opposition établit-elle entre elle et les autres ?

Deux personnalités différentes

7 Laquelle, de Cassandre ou Hélène, est aimée, admirée, entourée, crue ? Laquelle est seule, parfois rejetée et jamais crue ?
8 À quelles remarques voit-on qu'Hélène cherche à s'intéresser et à se rapprocher de Cassandre ?
9 **a.** Quel détail, caché à Hector, Hélène confie-t-elle à Cassandre ?
b. Comment comprenez-vous qu'Hélène ne finisse pas sa phrase ?

La Paix : l'intrusion du merveilleux

On entend par **merveilleux** l'intervention d'éléments magiques ou surnaturels. Chez Giraudoux, le merveilleux s'intègre à l'action dramatique.
L'**allégorie** est la représentation d'une idée abstraite par une image concrète. L'allégorie peut aussi s'appuyer sur une personnification.

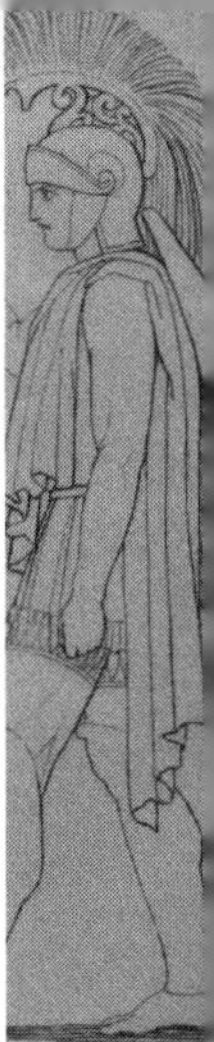

10 Sous quel aspect la Paix apparaît-elle ici ?

11 **a.** Avec quels adjectifs les personnages la décrivent-ils ?
b. Montrez que la Paix n'est pas consciente de son apparence.
c. Pour quelle raison la Paix va-t-elle se maquiller ?

12 **a.** Par quel pronom personnel Hélène désigne-t-elle la Paix ?
b. Peut-elle communiquer avec la Paix ?

13 Qui devient l'intermédiaire entre la Paix et Hélène ?

Le tragique

14 **a.** Pour quelle raison la Paix demande-t-elle l'aide d'Hélène ?
b. Que signifie la phrase d'Hélène : « Je la vois de moins en moins » (l. 27) ? Rappelez quelles visions d'Hélène se réalisent.
c. Sur quelle parole l'acte se termine-t-il ?
d. À partir de vos réponses, montrez que la tonalité tragique s'accentue.

ÉCRIRE DES NOTES DE MISE EN SCÈNE

Mettre en scène la Paix

15 Vous devez mettre en scène la scène 10 où surgit la Paix. Or, la Paix est une allégorie et doit se distinguer des autres personnages. Vous écrivez des notes de mise en scène auxquelles vous joignez, si vous le souhaitez, des croquis. Vous jouerez ensuite la scène.

CONSIGNES

- Choisissez un procédé pour faire apparaître la Paix sur scène : comédienne, marionnette, projection vidéo…
- Choisissez un vêtement, des accessoires : robe, tunique, voiles vaporeux… Quelle couleur vous semble la plus appropriée ? Quel symbole de paix pourrait-elle tenir à la main ?
- Choisissez le maquillage : dans un premier temps elle semble pâle, vieillie, ses cheveux tirent sur le gris, ensuite elle revient très fardée, trop même.

• Choisissez une technique pour la faire peu à peu disparaître. Cette technique choisie devra dépendre du procédé initial que vous aurez imaginé pour représenter la Paix.
• Les habits de Cassandre et Hélène devront souligner la différence de caractère et de comportement entre les deux jeunes femmes.

POUR ALLER PLUS LOIN

Giraudoux et l'*Iliade*

« Je ne l'ai pas dit à Hector. Mais le cou de son fils est illuminé, la place du cou où bat l'artère », dit Hélène à Cassandre (scène 10, l. 5-7).
Or, c'est à cet endroit que dans l'*Iliade*, Hector est touché à mort. En effet, dans le chant XXII, le poète écrit : « les belles armes de bronze... garantissaient sa chair de toutes parts ; elle n'apparaissait qu'au seul point où les clavicules séparent le col des épaules, au creux de la gorge, là où se perd le plus rapidement le souffle de la vie. Ce fut donc là que le divin Achille poussa sa pique contre l'ardent Hector. Son cou délicat fut de part en part traversé par la pointe... » (trad. de M. Meunier, © Albin Michel).
C'est aussi une façon d'annoncer la mort d'Astyanax, le fils d'Hector, tué par les Achéens après la prise de Troie.
Pâris, lui, sera tué plus tard d'une flèche tirée par Philoctète. Mais auparavant il aura blessé mortellement Achille au talon.

Square clos de palais.
À chaque angle, échappée sur la mer.
Au centre un monument, les portes de la guerre.
Elles sont grandes ouvertes.

Scène première

HÉLÈNE, LE JEUNE TROÏLUS[1]

HÉLÈNE. – Hé ! là-bas ! Oui, c'est toi que j'appelle !... Approche !

TROÏLUS. – Non.

HÉLÈNE. – Comment t'appelles-tu ?

TROÏLUS. – Troïlus.

HÉLÈNE. – Viens ici !

TROÏLUS. – Non.

HÉLÈNE. – Viens ici, Troïlus !... *(Troïlus approche.)* Ah ! te voilà ! Tu obéis quand on t'appelle par ton nom : tu es encore très lévrier. C'est d'ailleurs gentil. Tu sais que tu m'obliges pour la première fois à crier, en parlant à un homme ? Ils sont toujours tellement collés à moi que je n'ai qu'à bouger les lèvres. J'ai crié à des mouettes, à des biches, à l'écho, jamais à un homme. Tu me paieras cela... Qu'as-tu ? Tu trembles ?

TROÏLUS. – Je ne tremble pas.

HÉLÈNE. – Tu trembles, Troïlus.

1. **Troïlus :** prince troyen, fils d'Hécube et de Priam selon Homère.

TROÏLUS. – Oui, je tremble.

HÉLÈNE. – Pourquoi es-tu toujours derrière moi ? Quand je vais dos au soleil et que je m'arrête, la tête de ton ombre bute toujours contre mes pieds. C'est tout juste si elle ne les dépasse pas. Dis-moi ce que tu veux…

TROÏLUS. – Je ne veux rien.

HÉLÈNE. – Dis-moi ce que tu veux. Troïlus !

TROÏLUS. – Tout ! Je veux tout !

HÉLÈNE. – Tu veux tout. La lune ?

TROÏLUS. – Tout ! Plus que tout !

HÉLÈNE. – Tu parles déjà comme un vrai homme : tu veux m'embrasser, quoi !

TROÏLUS. – Non !

HÉLÈNE. – Tu veux m'embrasser, n'est-ce pas, mon petit Troïlus ?

TROÏLUS. – Je me tuerais aussitôt après !

HÉLÈNE. – Approche… Quel âge as-tu ?

TROÏLUS. – Quinze ans… Hélas !

HÉLÈNE. – Bravo pour « hélas ! »… Tu as déjà embrassé des jeunes filles ?

TROÏLUS. – Je les hais.

HÉLÈNE. – Tu en as déjà embrassé ?

TROÏLUS. – On les embrasse toutes. Je donnerais ma vie pour n'en avoir embrassé aucune.

HÉLÈNE. – Tu me sembles disposer d'un nombre considérable d'existences. Pourquoi ne m'as-tu pas dit franchement : « Hélène, je veux vous embrasser ! » ? Je ne vois aucun mal à ce que tu m'embrasses… Embrasse-moi.

TROÏLUS. – Jamais.

HÉLÈNE. – À la fin du jour, quand je m'assieds aux créneaux pour voir le couchant sur les îles, tu serais arrivé doucement, tu aurais tourné ma tête vers toi avec tes mains – de dorée, elle serait devenue sombre, tu l'aurais moins bien vue évidemment –, et tu m'aurais embrassée, j'aurais été très contente... « Tiens, me serais-je dit, le petit Troïlus m'embrasse !... » Embrasse-moi.

TROÏLUS. – Jamais.

HÉLÈNE. – Je vois. Tu me haïrais si tu m'avais embrassée ?

TROÏLUS. – Ah ! Les hommes ont bien de la chance d'arriver à dire ce qu'ils veulent dire !

HÉLÈNE. – Toi, tu le dis assez bien.

DEUXIÈME ACTE

Scène deuxième

HÉLÈNE, PÂRIS, LE JEUNE TROÏLUS

PÂRIS. – Méfie-toi, Hélène. Troïlus est un dangereux personnage.

HÉLÈNE. – Au contraire. Il veut m'embrasser.

PÂRIS. – Troïlus, tu sais que si tu embrasses Hélène, je te tue !

HÉLÈNE. – Cela lui est égal de mourir, même plusieurs fois.

PÂRIS. – Qu'est-ce qu'il a ? Il prend son élan ?... Il va bondir sur toi ?... Il est trop gentil ! Embrasse Hélène, Troïlus. Je te le permets.

HÉLÈNE. – Si tu l'y décides, tu es plus malin que moi.

Troïlus qui allait se précipiter sur Hélène s'écarte aussitôt.

PÂRIS. – Écoute, Troïlus ! Voici nos vénérables qui arrivent en corps pour fermer les portes de la guerre... Embrasse Hélène devant eux : tu seras célèbre. Tu veux être célèbre, plus tard, dans la vie ?

TROÏLUS. – Non. Inconnu.

PÂRIS. – Tu ne veux pas devenir célèbre ? Tu ne veux pas être riche, puissant ?

TROÏLUS. – Non. Pauvre. Laid.

PÂRIS. – Laisse-moi finir !... Pour avoir toutes les femmes !

TROÏLUS. – Je n'en veux aucune, aucune !

PÂRIS. – Voilà nos sénateurs ! Tu as à choisir : ou tu embrasseras Hélène devant eux, ou c'est moi qui l'embrasse devant toi. Tu préfères que ce soit moi ? Très bien ! Regarde !... Oh ! Quel est ce baiser inédit que tu me donnes, Hélène ?

HÉLÈNE. – Le baiser destiné à Troïlus.

PÂRIS. – Tu ne sais pas ce que tu perds, mon enfant ! Oh ! tu t'en vas ? Bonsoir !

HÉLÈNE. – Nous nous embrasserons, Troïlus. Je t'en réponds. *(Troïlus s'en va.)* Troïlus !

PÂRIS, *un peu énervé.* – Tu cries bien fort, Hélène !

Dans la scène 3, Démokos vient contempler le visage d'Hélène afin de composer un chant en son honneur.

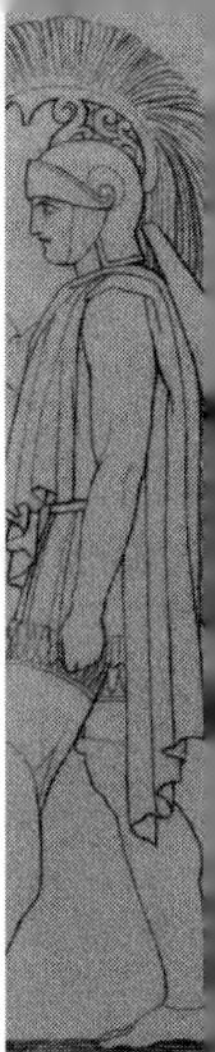

QUESTIONS SUR L'ACTE II, SCÈNES 1 ET 2

AI-JE BIEN LU ?

1 Quel lien familial unit Pâris et Troïlus ?
2 Quel jeu Hélène joue-t-elle avec Troïlus ?
3 Quelle promesse lui fait-elle ? Pâris est-il jaloux ?

J'ANALYSE LE TEXTE

Un décor symbolique

> Dans un souci d'efficacité théâtrale, le théâtre du XVIIe siècle a vu peu à peu s'imposer la **règle des trois unités (lieu, temps, action)**. L'action :
> – doit se dérouler dans un lieu unique ;
> – ne doit pas excéder vingt-quatre heures ;
> – doit être centrée sur une seule intrigue.

4 Giraudoux situe l'acte II dans un nouveau décor. Lequel ? L'unité de lieu vous paraît-elle respectée ?
5 Pour quelle raison les portes de la guerre sont-elles placées au milieu de la scène ?
6 En quoi le square clos et les échappées sur la mer sont-ils chargés de menace ?

Une scène de séduction

7 Par quelle phrase Hélène exprime-t-elle sa lassitude de femme trop belle ?
8 Montrez en citant le texte qu'Hélène se montre tour à tour tendre, impérative, impatiente, provocante avec Troïlus.
9 **a.** Quel est l'âge de Troïlus ?
b. Montrez qu'il se contredit constamment. Pourquoi ?
10 Pour quelles raisons, selon vous, refuse-t-il le baiser qu'Hélène lui propose ?

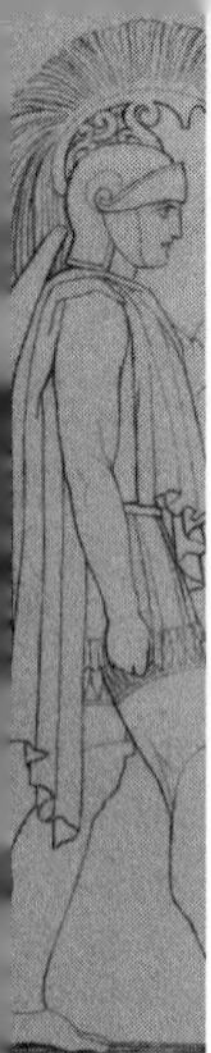

11 **a.** À la fin de la scène 1, Hélène décrit sa « vision » d'un baiser avec Troïlus. Dans quel but ?
b. Pourquoi le spectateur peut-il penser que cette vision se réalisera ?

Le couple Pâris-Hélène

12 Comment Pâris se conduit-il envers Hélène ?
13 **a.** Quelle menace Pâris profère-t-il envers Troïlus ? Puis quel défi lui lance-t-il ?
b. Pourquoi embrasse-t-il finalement Hélène devant lui ?
c. « Le baiser destiné à Troïlus » (l. 84) : par cette réplique, quel effet Hélène cherche-t-elle à produire sur Pâris ? sur Troïlus ?
14 Pourquoi Pâris est-il agacé à la fin de la scène 2 ?
15 **a.** Quels sentiments Pâris et Hélène éprouvent-ils l'un envers l'autre ?
b. Le spectateur a-t-il confirmation qu'une guerre entre les Grecs et les Troyens serait absurde ? Justifiez.
16 Montrez que dans ces deux scènes c'est Hélène qui mène le jeu. Était-ce le cas auparavant ?

Un motif récurrent : les portes de la guerre

17 **a.** Au début de la scène, les portes de la guerre sont-elles ouvertes ou fermées ? Hector a-t-il réussi la mission qu'il s'était fixée (acte I, scène 3) ?
b. Que se préparent à faire « les vénérables » de la cité ?

J'ÉTUDIE LA LANGUE

Grammaire : les modes et les temps

18 Identifiez les modes et les temps du verbe « embrasser » dans chacune des phrases.

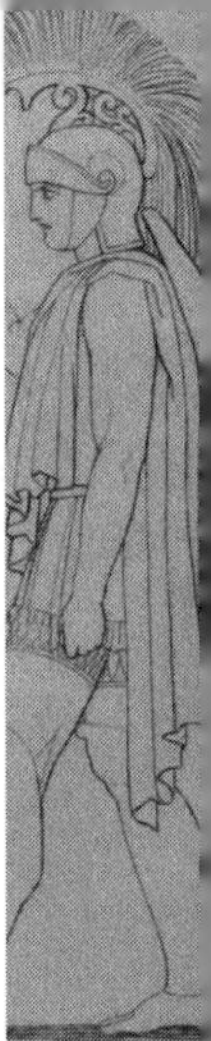

a. « Tu veux m'embrasser, quoi ! »
b. « Tu as déjà embrassé des jeunes filles. »
c. « Tu m'aurais embrassée. »
d. « Embrasse-moi. »
e. « Tu me haïrais, si tu m'avais embrassée. »
f. « Si tu embrasses Hélène, je te tue ! »
g. « Nous nous embrasserons, Troïlus. »

J'ÉCRIS

Écrire une scène de jalousie

19 Resté seul un moment avec Hélène, Pâris laisse éclater sa jalousie et reproche à la princesse son « attitude ». Cette dernière, fidèle à sa réputation, lui répond avec légèreté, voire indifférence.

CONSIGNES D'ÉCRITURE
• Racontez cette scène sous la forme d'un dialogue théâtral entre les deux personnages.
• Variez les types de phrases en fonction des sentiments éprouvés par les personnages.
• Ajoutez des didascalies qui préciseront le ton, les gestes, les sentiments.

DEUXIÈME ACTE

Scène quatrième

DÉMOKOS, PÂRIS, HÉCUBE, LA PETITE POLYXÈNE[1], ABNÉOS, LE GÉOMÈTRE, QUELQUES VIEILLARDS

HÉCUBE. – Enfin, vous allez nous la fermer, cette porte ?

DÉMOKOS. – Certainement non. Nous pouvons avoir à la rouvrir ce soir même.

HÉCUBE. – Hector le veut. Il décidera Priam.

DÉMOKOS. – C'est ce que nous verrons. Je lui réserve d'ailleurs une surprise, à Hector !

LA PETITE POLYXÈNE. – Où mène-t-elle, la porte, maman ?

ABNÉOS. – À la guerre, mon enfant. Quand elle est ouverte, c'est qu'il y a la guerre.

DÉMOKOS. – Mes amis...

HÉCUBE. – Guerre ou non, votre symbole est stupide. Cela fait tellement peu soigné, ces deux battants toujours ouverts ! Tous les chiens s'y arrêtent.

LE GÉOMÈTRE. – Il ne s'agit pas de ménage. Il s'agit de la guerre et des dieux.

HÉCUBE. – C'est bien ce que je dis, les dieux ne savent pas fermer leurs portes.

LA PETITE POLYXÈNE. – Moi je les ferme très bien, n'est-ce pas, maman ?

PÂRIS, *baisant les doigts de la Petite Polyxène.* – Tu te prends même les doigts en les fermant, chérie.

---

1. Polyxène : la plus jeune des filles de Priam et Hécube ; Achille et Polyxène tomberont amoureux l'un de l'autre.

DÉMOKOS. – Puis-je enfin réclamer un peu de silence, Pâris ?... Abnéos, et toi, Géomètre, et vous, mes amis, si je vous ai convoqués ici avant l'heure, c'est pour tenir notre premier conseil. Et c'est de bon augure[2] que ce premier conseil de guerre ne soit pas celui des généraux, mais celui des intellectuels. Car il ne suffit pas, à la guerre, de fourbir[3] des armes à nos soldats. Il est indispensable de porter au comble leur enthousiasme. L'ivresse physique, que leurs chefs obtiendront à l'instant de l'assaut par un vin à la résine[4] vigoureusement placé, restera vis-à-vis des Grecs inefficiente, si elle ne se double de l'ivresse morale que nous, les poètes, allons leur verser. Puisque l'âge nous éloigne du combat, servons du moins à le rendre sans merci. Je vois que tu as des idées là-dessus, Abnéos, et je te donne la parole.

ABNÉOS. – Oui. Il nous faut un chant de guerre.

DÉMOKOS. – Très juste. La guerre exige un chant de guerre.

PÂRIS. – Nous nous en sommes passés jusqu'ici.

HÉCUBE. – Elle chante assez fort elle-même...

ABNÉOS. – Nous nous en sommes passés, parce que nous n'avons jamais combattu que des barbares. C'était de la chasse. Le cor suffisait. Avec les Grecs, nous entrons dans un domaine de guerre autrement relevé.

DÉMOKOS. – Très exact, Abnéos. Ils ne se battent pas avec tout le monde.

PÂRIS. – Nous avons déjà un chant national.

ABNÉOS. – Oui. Mais c'est un chant de paix.

---

2. De bon augure : de bon présage.
3. Fourbir : polir.
4. Vin à la résine : vin auquel on ajoute de la résine de pin. Cette préparation remonte à l'Antiquité.

PÂRIS. – Il suffit de chanter un chant de paix avec grimace et gesticulation pour qu'il devienne un chant de guerre… Quelles sont déjà les paroles du nôtre ?

ABNÉOS. – Tu le sais bien. Anodines[5]. – C'est nous qui fauchons les moissons, qui pressons le sang de la vigne !

DÉMOKOS. – C'est tout au plus un chant de guerre contre les céréales. Vous n'effraierez pas les Spartiates en menaçant le blé noir[6].

PÂRIS. – Chante-le avec un javelot à la main et un mort à tes pieds, et tu verras.

HÉCUBE. – Il y a le mot sang, c'est toujours cela.

PÂRIS. – Le mot moisson aussi. La guerre l'aime assez.

ABNÉOS. – Pourquoi discuter, puisque Démokos peut nous en livrer un tout neuf dans les deux heures ?

DÉMOKOS. – Deux heures, c'est un peu court.

HÉCUBE. – N'aie aucune crainte, c'est plus qu'il ne te faut ! Et après le chant ce sera l'hymne, et après l'hymne la cantate. Dès que la guerre est déclarée, impossible de tenir les poètes. La rime, c'est encore le meilleur tambour.

DÉMOKOS. – Et le plus utile, Hécube ; tu ne crois pas si bien dire. Je la connais, la guerre. Tant qu'elle n'est pas là, tant que ses portes sont fermées, libre à chacun de l'insulter et de la honnir[7]. Elle dédaigne les affronts du temps de paix. Mais, dès qu'elle est présente, son orgueil est à vif, on ne gagne pas sa faveur, on ne la gagne que si on la complimente et la caresse. C'est alors la mission de ceux qui savent parler et écrire, de louer la guerre, de l'aduler[8]

---

5. Anodines : inoffensives, insignifiantes.
6. Blé noir : sarrasin.
7. Honnir : mépriser, détester.
8. Aduler : combler de louanges.

à chaque heure du jour, de la flatter sans arrêt aux places claires ou équivoques de son énorme corps, sinon on se l'aliène[9]. Voyez les officiers : braves devant l'ennemi, lâches devant la guerre, c'est la devise des vrais généraux.

PÂRIS. – Et tu as même déjà une idée pour ton chant ?

DÉMOKOS. – Une idée merveilleuse, que tu comprendras mieux que personne... Elle doit être lasse qu'on l'affuble de cheveux de Méduse[10], de lèvres de Gorgone : j'ai l'idée de comparer son visage au visage d'Hélène. Elle sera ravie de cette ressemblance.

LA PETITE POLYXÈNE. – À quoi ressemble-t-elle, la guerre, maman ?

HÉCUBE. – À ta tante Hélène.

LA PETITE POLYXÈNE. – Elle est bien jolie.

DÉMOKOS. – Donc, la discussion est close. Entendu pour le chant de guerre. Pourquoi t'agiter, Géomètre ?

LE GÉOMÈTRE. – Parce qu'il y a plus pressé que le chant de guerre, beaucoup plus pressé !

DÉMOKOS. – Tu veux dire les médailles, les fausses nouvelles ?

LE GÉOMÈTRE. – Je veux dire les épithètes[11].

HÉCUBE. – Les épithètes ?

LE GÉOMÈTRE. – Avant de se lancer leurs javelots, les guerriers grecs se lancent des épithètes... Cousin de crapaud ! se crient-ils. Fils de bœuf !... Ils s'insultent, quoi ! Et ils ont

---

9. On se l'aliène : on la rend hostile envers soi.
10. Méduse : dans la mythologie grecque une des trois Gorgones aux cheveux entrelacés de serpents et dont le regard pétrifiait tout mortel qui les regardait. Elle sera tuée par Persée.
11. Épithètes : ici, injures, parodie de l'*Iliade*. Les héros d'Homère ont coutume de se lancer des injures avant le combat (*Iliade*, I, 225).

raison. Ils savent que le corps est plus vulnérable quand l'amour-propre est à vif. Des guerriers connus pour leur sang-froid le perdent illico quand on les traite de verrues ou de corps thyroïdes[12]. Nous autres Troyens manquons terriblement d'épithètes.

DÉMOKOS. – Le Géomètre a raison. Nous sommes vraiment les seuls à ne pas insulter nos adversaires avant de les tuer.

PÂRIS. – Tu ne crois pas suffisant que les civils s'insultent, Géomètre ?

LE GÉOMÈTRE. – Les armées doivent partager les haines des civils. Tu les connais : sur ce point elles sont décevantes. Quand on les laisse à elles-mêmes, elles passent leur temps à s'estimer. Leurs lignes déployées deviennent bientôt les seules lignes de vraie fraternité dans le monde, et du fond du champ de bataille, où règne une considération mutuelle, la haine est refoulée sur les écoles, les salons ou le petit commerce. Si nos soldats ne sont pas au moins à égalité dans le combat d'épithètes, ils perdront tout goût à l'insulte, à la calomnie[13], et par suite immanquablement à la guerre.

DÉMOKOS. – Adopté ! Nous leur organiserons un concours dès ce soir.

PÂRIS. – Vieux parasite ! Poète aux pieds sales !

DÉMOKOS. – Une seconde... Si tu faisais précéder les épithètes du nom, pour éviter les méprises...

PÂRIS. – En effet, tu as raison... Démokos ! Œil de veau ! Arbre à pellicules !

12. Corps thyroïdes : glandes situées dans la partie antérieure et inférieure du cou.
13. Calomnie : accusation mensongère attaquant la réputation, diffamation.

DÉMOKOS. – C'est grammaticalement correct, mais bien naïf. En quoi le fait d'être appelé arbre à pellicules peut-il me faire monter l'écume aux lèvres et me pousser à tuer ? Arbre à pellicules est complètement inopérant.

HÉCUBE. – Il t'appelle aussi Œil de veau.

DÉMOKOS. – Œil de veau est un peu mieux... Mais tu vois comme tu patauges, Pâris ? Cherche donc ce qui peut m'atteindre. Quels sont mes défauts, à ton avis ?

PÂRIS. – Tu es lâche, ton haleine est fétide, et tu n'as aucun talent.

DÉMOKOS. – Tu veux une gifle ?

PÂRIS. – Ce que j'en dis, c'est pour te faire plaisir.

LA PETITE POLYXÈNE. – Pourquoi gronde-t-on l'oncle Démokos, maman ?

HÉCUBE. – Parce que c'est un serin, chérie !

DÉMOKOS. – Vous dites, Hécube ?

HÉCUBE. – Je dis que tu es un serin, Démokos. Je dis que si les serins avaient la bêtise, la prétention, la laideur et la puanteur des vautours, tu serais un serin.

DÉMOKOS. – Tiens, Pâris ! Ta mère est plus forte que toi. Prends modèle. Une heure d'exercice par jour et par soldat, et Hécube nous donne la supériorité en épithètes. Et pour le chant de la guerre, je ne sais pas non plus s'il n'y aurait pas avantage à le lui confier...

HÉCUBE. – Si tu veux. Mais je ne dirais pas qu'elle ressemble à Hélène.

DÉMOKOS. – Elle ressemble à qui, d'après toi ?

HÉCUBE. – Je te le dirai quand la porte sera fermée.

DEUXIÈME ACTE

Scène cinquième

LES MÊMES, PRIAM, HECTOR, BUSIRIS, UN GARDE, UN MESSAGER, PUIS ANDROMAQUE, PUIS HÉLÈNE

Pendant la fermeture des portes, Andromaque prend à part la Petite Polyxène, et lui confie une commission ou un secret.

HECTOR. – Elle va l'être.

DÉMOKOS. – Un moment, Hector !

HECTOR. – La cérémonie n'est pas prête ?

HÉCUBE. – Si. Les gonds nagent dans l'huile d'olive.

HECTOR. – Alors ?

PRIAM. – Ce que nos amis veulent dire, Hector, c'est que la guerre aussi est prête. Réfléchis bien. Ils n'ont pas tort. Si tu fermes cette porte, il va peut-être falloir la rouvrir dans une minute.

HÉCUBE. – Une minute de paix, c'est bon à prendre.

HECTOR. – Mon père, tu dois pourtant savoir ce que signifie la paix pour des hommes qui depuis des mois se battent. C'est toucher enfin le fond pour ceux qui se noient ou s'enlisent. Laisse-nous prendre pied sur le moindre carré de paix, effleurer la paix une minute, fût-ce de l'orteil !

PRIAM. – Hector, songe que jeter aujourd'hui le mot paix dans la ville est aussi coupable que d'y jeter un poison. Tu vas y détendre le cuir et le fer. Tu vas frapper avec le mot paix la monnaie courante des souvenirs, des affections, des espoirs. Les soldats vont se précipiter pour acheter le pain de paix, boire le vin de paix, étreindre la femme de paix, et dans une heure tu les remettras face à la guerre.

HECTOR. – La guerre n'aura pas lieu !

On entend des clameurs du côté du port.

Mise en scène de Nicolas Briançon, Paris, théâtre Sylvia-Monfort, du 23 Novembre 2006 au 14 Janvier 2007.

DÉMOKOS. – Non ? Écoute !

HECTOR. – Fermons les portes. C'est ici que nous recevrons tout à l'heure les Grecs. La conversation sera déjà assez rude. Il convient de les recevoir dans la paix.

PRIAM. – Mon fils, savons-nous même si nous devons permettre aux Grecs de débarquer ?

HECTOR. – Ils débarqueront. L'entrevue avec Ulysse est notre dernière chance de paix.

DÉMOKOS. – Ils ne débarqueront pas. Notre honneur est en jeu. Nous serions la risée du monde… […]

C'est alors que Busiris, « le plus grand expert du droit des peuples » selon Démokos, expose toutes les raisons qui doivent pousser les Troyens à déclarer la guerre aux Grecs, invoquant même le fait que les Grecs, en abordant, auraient manqué aux règles juridiques internationales. Mais lorsqu'Hector dit à Busiris qu'il restera prisonnier à Troie, tant que durera cette guerre, Busiris retourne son argumentation et expose toutes les raisons qu'il y a de ne pas faire cette guerre. L'honneur des Troyens ne sera donc pas atteint s'ils laissent débarquer les Grecs.

HECTOR. – Et voilà notre honneur sauf, Démokos. Que l'on publie dans la ville la consultation de Busiris, et toi, Minos, cours donner l'ordre au capitaine du port de faire immédiatement débarquer Ulysse.

DÉMOKOS. – Cela devient impossible de discuter d'honneur avec ces anciens combattants. Ils abusent vraiment du fait qu'on ne peut les traiter de lâches.

LE GÉOMÈTRE. – Prononce en tout cas le discours aux morts, Hector. Cela te fera réfléchir...

HECTOR. – Il n'y aura pas de discours aux morts.

PRIAM. – La cérémonie le comporte. Le général victorieux doit rendre hommage aux morts quand les portes se ferment.

HECTOR. – Un discours aux morts de la guerre, c'est un plaidoyer hypocrite pour les vivants, une demande d'acquittement. C'est la spécialité des avocats. Je ne suis pas assez sûr de mon innocence...

DÉMOKOS. – Le commandement est irresponsable.

HECTOR. – Hélas ! tout le monde l'est, les dieux aussi ! D'ailleurs je l'ai fait déjà, mon discours aux morts. Je le leur ai fait à leur dernière minute de vie, alors qu'adossés un peu de biais aux oliviers du champ de bataille, ils disposaient d'un reste d'ouïe et de regard. Et je peux vous répéter ce que je leur ai dit. Et à l'éventré, dont les prunelles tournaient déjà, j'ai dit : « Eh bien, mon vieux, ça ne va pas si mal que ça... » Et à celui dont la massue avait ouvert en deux le crâne : « Ce que tu peux être laid avec ce nez fendu ! » Et à mon petit écuyer, dont le bras gauche pendait et dont fuyait le dernier sang : « Tu as de la chance de t'en tirer avec le bras gauche... » Et je suis heureux de leur avoir fait boire à chacun une suprême goutte à la gourde de la vie. C'était tout ce qu'ils réclamaient, ils sont morts en la suçant... Et je n'ajouterai pas un mot. Fermez les portes.

LA PETITE POLYXÈNE. – Il est mort aussi, le petit écuyer ?

HECTOR. – Oui, mon chat. Il est mort. Il a soulevé la main droite. Quelqu'un que je ne voyais pas le prenait par sa main valide. Et il est mort.

DÉMOKOS. – Notre général semble confondre paroles aux mourants et discours aux morts.

PRIAM. – Ne t'obstine pas, Hector.

HECTOR. – Très bien, très bien, je leur parle...

Il se place au pied des portes.

HECTOR. – Ô vous qui ne nous entendez pas, qui ne nous voyez pas, écoutez ces paroles, voyez ce cortège. Nous sommes les vainqueurs. Cela vous est bien égal, n'est-ce pas ? Vous aussi vous l'êtes. Mais, nous, nous sommes les vainqueurs vivants. C'est ici que commence la différence. C'est ici que j'ai honte. Je ne sais si dans la foule des morts on distingue les morts vainqueurs par une cocarde[14]. Les vivants, vainqueurs ou non, ont la vraie cocarde, la double cocarde. Ce sont leurs yeux. Nous, nous avons deux yeux, mes pauvres amis. Nous voyons le soleil. Nous faisons tout ce qui se fait dans le soleil. Nous mangeons. Nous buvons... Et dans le clair de lune !... Nous couchons avec nos femmes... Avec les vôtres aussi...

DÉMOKOS. – Tu insultes les morts, maintenant ?

HECTOR. – Vraiment, tu crois ?

DÉMOKOS. – Ou les morts, ou les vivants.

HECTOR. – Il y a une distinction...

PRIAM. – Achève, Hector... Les Grecs débarquent...

14. Cocarde : insigne, ornement fait en ruban.

HECTOR. – J'achève... Ô vous qui ne sentez pas, qui ne touchez pas, respirez cet encens, touchez ces offrandes. Puisque enfin c'est un général sincère qui vous parle, apprenez que je n'ai pas une tendresse égale, un respect égal pour vous tous. Tout morts que vous êtes, il y a chez vous la même proportion de braves et de peureux que chez nous qui avons survécu et vous ne me ferez pas confondre, à la faveur d'une cérémonie, les morts que j'admire avec les morts que je n'admire pas. Mais ce que j'ai à vous dire aujourd'hui, c'est que la guerre me semble la recette la plus sordide et la plus hypocrite pour égaliser les humains et que je n'admets pas plus la mort comme châtiment ou comme expiation au lâche que comme récompense aux héros. Aussi, qui que vous soyez, vous absents, vous inexistants, vous oubliés, vous sans occupation, sans repos, sans être, je comprends en effet qu'il faille en fermant ces portes excuser près de vous ces déserteurs que sont les survivants, et ressentir comme un privilège et un vol ces deux biens qui s'appellent, de deux noms dont j'espère que la résonance ne vous atteint jamais, la chaleur et le ciel.

LA PETITE POLYXÈNE. – Les portes se ferment, maman !

HÉCUBE. – Oui, chérie.

LA PETITE POLYXÈNE. – Ce sont les morts qui les poussent.

HÉCUBE. – Ils aident, un petit peu.

LA PETITE POLYXÈNE. – Ils aident bien, surtout à droite.

HECTOR. – C'est fait ? Elles sont fermées ?

LE GARDE. – Un coffre-fort...

HECTOR. – Nous sommes en paix, père, nous sommes en paix.

HÉCUBE. – Nous sommes en paix !

LA PETITE POLYXÈNE. – On se sent bien mieux, n'est-ce pas, maman ?

HECTOR. – Vraiment, chérie !

LA PETITE POLYXÈNE. – Moi je me sens bien mieux.

La musique des Grecs éclate.

UN MESSAGER. – Leurs équipages ont mis pied à terre, Priam !

DÉMOKOS. – Quelle musique ! Quelle horreur de musique ! C'est de la musique antitroyenne au plus haut point ! Allons les recevoir comme il convient.

HECTOR. – Recevez-les royalement et qu'ils soient ici sans encombre[15]. Vous êtes responsables !

LE GÉOMÈTRE. – Opposons-leur en tout cas la musique troyenne. Hector, à défaut d'autre indignation, autorisera peut-être le conflit musical ?

LA FOULE. – Les Grecs ! Les Grecs !

UN MESSAGER. – Ulysse[16] est sur l'estacade[17], Priam ! Où faut-il le conduire ?

PRIAM. – Ici même. Préviens-nous au palais... Toi aussi, viens, Pâris. Tu n'as pas trop à circuler, en ce moment.

HECTOR. – Allons préparer notre discours aux Grecs, père.

DÉMOKOS. – Prépare-le un peu mieux que celui aux morts, tu trouveras plus de contradiction. *(Priam et ses fils sortent.)*

---

15. Sans encombre : sans incident, sans difficultés.
16. Ulysse : héros grec, roi d'Ithaque, réputé pour son intelligence et sa ruse. Il est le héros de l'*Odyssée*.
17. Estacade : digue, jetée.

Tu t'en vas aussi, Hécube ? Tu t'en vas sans nous avoir dit à quoi ressemblait la guerre ?

HÉCUBE. – Tu tiens à le savoir ?

DÉMOKOS. – Si tu l'as vue, dis-le.

HÉCUBE. – À un cul de singe. Quand la guenon est montée à l'arbre et nous montre un fondement rouge, tout squameux et glacé, ceint d'une perruque immonde, c'est exactement la guerre que l'on voit, c'est son visage.

DÉMOKOS. – Avec celui d'Hélène, cela lui en fait deux.

Il sort.

Polyxène a été chargée par Andromaque de dire à Hélène que si elle aime Pâris et sa famille, elle doit repartir en Grèce. Mais Hélène, par jeu, trouble la petite fille : quand on aime quelqu'un, le quitte-t-on ? Hécube et Andromaque arrivent ; Hécube demande à Hélène de laisser Polyxène tranquille. Andromaque et Hélène restent seules.

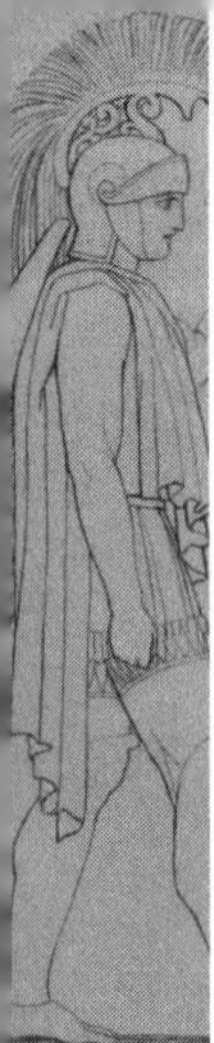

QUESTIONS SUR L'ACTE II, SCÈNES 4 ET 5

AI-JE BIEN LU ?

1 Pour quelle raison Démokos a-t-il convoqué le Géomètre, Abnéos et d'autres vieillards dans la scène 4 ? Qui se joint à eux ?

2 Dans la scène 5, de quel côté (guerre ou paix) Priam penche-t-il ?

3 Quel personnage est en train de débarquer pendant que l'action de la scène 5 se déroule ? Quel espoir Hector met-il en lui ?

4 **a.** Quel discours Hector doit-il prononcer devant les portes de la guerre ?

b. Hector réussit-il à obtenir ce qu'il voulait à la fin de la scène 5 ?

J'ANALYSE LE TEXTE

Le cadre spatio-temporel

> Conformémements aux **règles classiques**, le **temps** est **resserré** dans *La guerre de Troie n'aura pas lieu*. Cassandre avait dit à Pâris au début de la pièce : « Il te reste une après-midi avec Hélène » (acte I, scène 4).

5 **a.** Quels événements hors-scène indiquent que le temps s'accélère et que le danger croît brusquement (scène 5) ?

b. Pour Hector, et les pacifistes, quelle décision est-il urgent de prendre ?

Le visage de la guerre

6 **a.** Sous quel aspect, selon Démokos, la guerre était-elle représentée jusqu'alors (scène 4) ?

b. Quelle image veut-il lui substituer pour la rendre séduisante ?

7 Selon Hécube, avec son franc-parler, à quoi la guerre ressemble-t-elle (fin de la scène 5) ? En quoi fait-elle preuve de lucidité ?

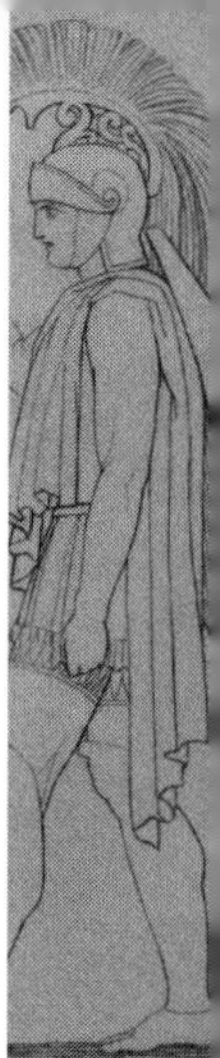

Contre l’exaltation guerrière

Les épithètes

L’**usage des épithètes** lancées avant le combat fait allusion aux injures proférées par les guerriers dans l’*Iliade* d’Homère.

8 **a.** Quel est le rôle des épithètes ? Appuyez vous sur les deux répliques du Géomètre (l. 98-120).
b. Relevez les épithètes (l. 123-146) : à quel niveau de langage appartiennent-elles ? Qui est attaqué ? Par qui ?

Les « poètes »

9 « L’ivresse physique [...] se double de l’ivresse morale que nous, les poètes allons leur verser » (l. 29-33), « Puisque l’âge nous éloigne du combat, servons du moins à le rendre sans merci » (l. 33-35) : qui sont ces « poètes » que Giraudoux dénonce à travers le personnage de Démokos ? Sont-ils dangereux ?

Le chant de guerre

10 Relisez les lignes 22-85 de la scène 4.
a. À quoi le chant de guerre sert-il selon Démokos ?
b. « Très juste. La guerre exige un chant de guerre » (l. 38) : en quoi cette réplique a-t-elle une teinte comique ? Quelle est l’intention de Giraudoux ?
c. Relevez les répliques de Pâris dans ce passage. Est-il du côté de Démokos ?

Le discours aux morts

Le discours aux mourants

11 **a.** Pour quelles raisons Hector refuse-t-il de prononcer un discours aux morts (l. 199-223) ?
b. Pourquoi choisit-il de faire un « discours aux mourants » ? Relevez les détails réalistes (l. 209-244).
c. Quel effet Hector cherche-t-il à produire sur ceux qui l’écoutent et par-delà sur le spectateur ?

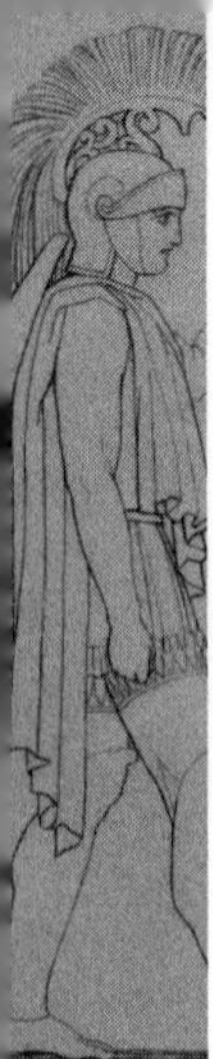

La parodie d'un discours aux morts

> La **parodie** imite une œuvre sérieuse en créant un effet de décalage. L'**apostrophe** est une interpellation. Elle est souvent accompagnée de l'interjection « ô ».

12 Relevez les deux apostrophes qui marquent les deux parties du discours (l. 232-269).

13 Quels sont les quatre sens évoqués (l. 232-244) ? Quelle critique Hector émet-il contre les cérémonies aux morts ?

14 Quelle différence Hector établit-il entre les morts (l. 253-254) ? Selon vous, cela se fait-il dans ce genre de discours?

L'anaphore

> L'**anaphore** est la répétition d'un mot en tête de phrases ou en tête de fragments d'une même phrase.

15 **a.** Relevez l'anaphore et les répétitions lignes 232-269.
b. Montrez que les morts sont caractérisés par des termes négatifs.
c. Quels termes, par contraste, évoquent la vie (l. 235-244) ?

16 Pour quelle raison Hector qualifie-t-il les survivants de « déserteurs » et demande-t-il aux morts de les excuser (l. 266) ?

17 En quoi ce discours aux mourants et aux morts est-il une dénonciation de la guerre ?

Le motif des portes de la guerre

18 **a.** Quelle image Hécube puis la petite Polyxène donnent-elles des portes de la guerre (scène 4, l. 11-21) ?
b. À quel moment sont-elles fermées (scène 5) ? Quels personnages laissent éclater leur joie ?

19 Par quelles paroles Démokos cherche-t-il à ranimer le conflit ?

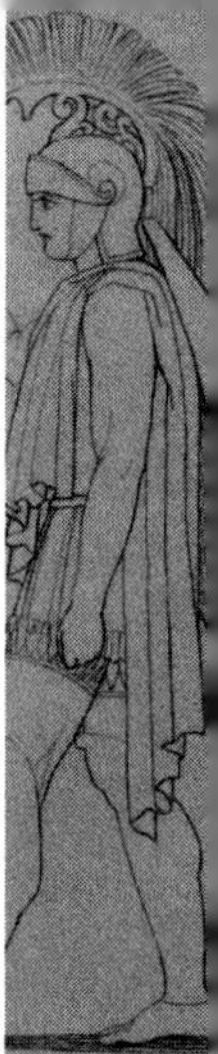

J'ÉTUDIE LA LANGUE

Grammaire : les présentatifs

> Les **présentatifs** sont des mots ou locutions qui servent à introduire un mot ou un groupe de mots en le mettant en relief. Parmi les présentatifs on trouve : *c'est, c'est... qui (que), voici, voilà, il y a, soit...*

20 **a.** Dans les phrases suivantes, quels sont les mots ou expressions mis en relief par les présentatifs ?
– « La rime, c'est encore le meilleur tambour. »
– « Ce que nos amis veulent dire Hector, c'est que la guerre aussi est prête. »
– « Une minute de paix, c'est bon à prendre. »
b. Réécrivez les phrases en supprimant les mises en valeur. Vous ferez les modifications qui s'imposent.

J'ÉCRIS

Écrire un discours

22 Rédigez le discours aux morts que Démokos aurait pu prononcer à la place d'Hector.

> CONSIGNES D'ÉCRITURE
> • Démokos est le chef du parti de la guerre à Troie, il va donc utiliser toute son éloquence pour exprimer le bien qu'il pense de la guerre.
> • Il est un poète et son discours n'aura pas la simplicité de ton de celui d'Hector : montrez-le dans le style en insérant comparaisons et métaphores. Les phrases exclamatives, les questions rhétoriques et les phrases impératives seront nombreuses.
> • Lâcheté et courage envers sa patrie seront parmi les thèmes à traiter.

DEUXIÈME ACTE

Scène huitième

HÉLÈNE, ANDROMAQUE

HÉLÈNE. – L'explication, alors ?

ANDROMAQUE. – Je crois qu'il la faut.

HÉLÈNE. – Écoutez-les crier et discuter là-bas, tous tant qu'ils sont ! Cela ne suffit pas ? Il faut encore que les belles-sœurs s'expliquent ? S'expliquent quoi, puisque je pars ?

ANDROMAQUE. – Que vous partiez ou non, ce n'est plus la question, Hélène.

HÉLÈNE. – Dites cela à Hector. Vous faciliterez sa journée.

ANDROMAQUE. – Oui, Hector s'accroche à l'idée de votre départ. Il est comme tous les hommes. Il suffit d'un lièvre pour le détourner du fourré où est la panthère. Le gibier des hommes peut se chasser ainsi. Pas celui des dieux.

HÉLÈNE. – Si vous avez découvert ce qu'ils veulent, les dieux, dans toute cette histoire, je vous félicite.

ANDROMAQUE. – Je ne sais pas si les dieux veulent quelque chose. Mais l'univers veut quelque chose. Depuis ce matin, tout me semble le réclamer, le crier, l'exiger, les hommes, les bêtes, les plantes... Jusqu'à cet enfant en moi...

HÉLÈNE. – Ils réclament quoi ?

ANDROMAQUE. – Que vous aimiez Pâris.

HÉLÈNE. – S'ils savent que je n'aime point Pâris, ils sont mieux renseignés que moi.

ANDROMAQUE. – Vous ne l'aimez pas ! Peut-être pourriez-vous l'aimer. Mais, pour le moment, c'est dans un malentendu que vous vivez tous deux.

HÉLÈNE. – Je vis avec lui dans la bonne humeur, dans l'agrément, dans l'accord. Le malentendu de l'entente, je ne vois pas très bien ce que cela peut être.

ANDROMAQUE. – Vous ne l'aimez pas. On ne s'entend pas, dans l'amour. La vie de deux époux qui s'aiment, c'est une perte de sang-froid perpétuelle. La dot des vrais couples est la même que celle des couples faux : le désaccord originel. Hector est le contraire de moi. Il n'a aucun de mes goûts. Nous passons notre journée ou à nous vaincre l'un l'autre ou à nous sacrifier. Les époux amoureux n'ont pas le visage clair.

HÉLÈNE. – Et si mon teint était de plomb[1], quand j'approche Pâris, et mes yeux blancs, et mes mains moites, vous pensez que Ménélas en serait transporté, les Grecs épanouis ?

ANDROMAQUE. – Peu importerait alors ce que pensent les Grecs !

HÉLÈNE. – Et la guerre n'aurait pas lieu ?

ANDROMAQUE. – Peut-être, en effet, n'aurait-elle pas lieu ! Peut-être, si vous vous aimiez, l'amour appellerait-il à son secours l'un de ses égaux, la générosité, l'intelligence... Personne, même le destin, ne s'attaque d'un cœur léger à la passion... Et même si elle avait lieu, tant pis !

HÉLÈNE. – Ce ne serait sans doute pas la même guerre ?

1. Teint de plomb : teint grisâtre.

ANDROMAQUE. – Oh ! non, Hélène ! Vous sentez bien ce qu'elle sera, cette lutte. Le sort ne prend pas tant de précautions pour un combat vulgaire. Il veut construire l'avenir sur elle, l'avenir de nos races, de nos peuples, de nos raisonnements. Et que nos idées et que notre avenir soient fondés sur l'histoire d'une femme et d'un homme qui s'aimaient, ce n'est pas si mal. Mais il ne voit pas que vous n'êtes qu'un couple officiel[2]... Penser que nous allons souffrir, mourir, pour un couple officiel, que la splendeur ou le malheur des âges, que les habitudes des cerveaux et des siècles vont se fonder sur l'aventure de deux êtres qui ne s'aimaient pas, c'est là l'horreur.

HÉLÈNE. – Si tous croient que nous nous aimons, cela revient au même.

ANDROMAQUE. – Ils ne le croient pas. Mais aucun n'avouera qu'il ne le croit pas. Aux approches de la guerre, tous les êtres sécrètent une nouvelle sueur, tous les événements revêtent un nouveau vernis, qui est le mensonge. Tous mentent. Nos vieillards n'adorent pas la beauté, ils s'adorent eux-mêmes, ils adorent la laideur. Et l'indignation des Grecs est un mensonge. Dieu sait s'ils se moquent de ce que vous pouvez faire avec Pâris, les Grecs ! Et leurs bateaux qui accostent là-bas dans les banderoles et les hymnes, c'est un mensonge de la mer. Et la vie de mon fils, et la vie d'Hector vont se jouer sur l'hypocrisie et le simulacre. C'est épouvantable !

HÉLÈNE. – Alors ?

---

2. Un couple officiel : un couple dont l'amour n'est pas authentique.

Mise en scène de Jean Vilar avec Christiane Minazzoli et Maria Mauban, Paris, TNP, février 1963.

ANDROMAQUE. – Alors je vous en supplie, Hélène. Vous me voyez là pressée contre vous comme si je vous suppliais de m'aimer. Aimez Pâris ! Ou dites-moi que je me trompe ! Dites-moi que vous vous tuerez s'il mourait ! Que vous accepterez qu'on vous défigure pour qu'il vive !... Alors la guerre ne sera plus qu'un fléau, pas une injustice. J'essaierai de la supporter.

HÉLÈNE. – Chère Andromaque, tout cela n'est pas si simple. Je ne passe point mes nuits, je l'avoue, à réfléchir sur le sort des humains, mais il m'a toujours semblé qu'ils se partageaient en deux sortes. Ceux qui sont, si vous voulez, la chair de la vie humaine. Et ceux qui en sont l'ordonnance, l'allure. Les premiers ont le rire, les pleurs, et tout ce que vous voudrez en sécrétions. Les autres ont le geste, la tenue, le regard[3]. Si vous les obligez à ne faire qu'une race, cela ne va plus aller du tout. L'humanité doit autant à ses vedettes qu'à ses martyrs[4].

ANDROMAQUE. – Hélène !

HÉLÈNE. – D'ailleurs vous êtes difficile... Je ne le trouve pas si mal que cela, mon amour. Il me plaît, à moi. Évidemment cela ne tire pas sur mon foie ou ma rate quand Pâris m'abandonne pour le jeu de boules ou la pêche au congre[5]. Mais je suis commandée par lui, aimantée par lui. L'aimantation, c'est aussi un amour, autant que la promiscuité[6]. C'est une passion autrement ancienne et féconde que celle qui s'exprime par les yeux rougis de pleurs ou se manifeste par le frottement. Je suis aussi à l'aise dans cet amour qu'une étoile dans sa constellation. J'y gravite, j'y scintille, c'est ma façon à moi de respirer et d'étreindre. On voit très bien les fils qu'il peut produire, cet amour, de grands êtres clairs, bien distincts, avec des doigts annelés et un nez court. Qu'est-ce qu'il va devenir, si j'y verse la jalousie, la tendresse et l'inquiétude ! Le monde est déjà si nerveux : voyez vous-même !

ANDROMAQUE. – Versez-y la pitié, Hélène. C'est la seule aide dont ait besoin le monde.

HÉLÈNE. – Voilà, cela devait venir, le mot est dit.

ANDROMAQUE. – Quel mot ?

---

3. **Ceux qui en sont... le regard :** Hélène oppose ici l'être et le paraître.
4. **À ses vedettes qu'à ses martyrs :** opposition entre le couple qui « pose » (le paraître) et celui qui vit un amour déchirant (l'être).
5. **Congre :** poisson de mer sans écailles.
6. **Promiscuité :** voisinage désagréable.

HÉLÈNE. – Le mot pitié. Adressez-vous ailleurs. Je ne suis pas très forte en pitié.

ANDROMAQUE. – Parce que vous ne connaissez pas le malheur !

HÉLÈNE. – Je le connais très bien. Et les malheureux aussi. Et nous sommes très à l'aise ensemble. Tout enfant, je passais mes journées dans les huttes collées au palais, avec les filles de pêcheurs, à dénicher et à élever des oiseaux. Je suis née d'un oiseau[7], de là, j'imagine, cette passion. Et tous les malheurs du corps humain, pourvu qu'ils aient un rapport avec les oiseaux, je les connais en détail : le corps du père rejeté par la marée au petit matin, tout rigide, avec une tête de plus en plus énorme et frissonnante car les mouettes s'assemblent pour picorer les yeux, et le corps de la mère ivre plumant vivant notre merle apprivoisé, et celui de la sœur surprise dans la haie avec l'ilote[8] de service au-dessous du nid de fauvettes en émoi. Et mon amie au chardonneret était difforme, et mon amie au bouvreuil était phtisique[9]. Et malgré ces ailes que je prêtais au genre humain, je le voyais ce qu'il est, rampant, malpropre, et misérable. Mais jamais je n'ai eu le sentiment qu'il exigeait la pitié.

ANDROMAQUE. – Parce que vous ne le jugez digne que de mépris.

HÉLÈNE. – C'est à savoir. Cela peut venir aussi de ce que, tous ces malheureux, je les sens mes égaux, de ce que je

---

7. Née d'un oiseau : Hélène est la fille de Léda et de Zeus qui s'était transformé en cygne pour pouvoir approcher Léda.
8. Ilote : esclave.
9. Phtisique : malade de la tuberculose.

les admets, de ce que, ma santé, ma beauté et ma gloire, je ne les juge pas très supérieures à leur misère. Cela peut être de la fraternité.

ANDROMAQUE. – Vous blasphémez, Hélène.

HÉLÈNE. – Les gens ont pitié des autres dans la mesure où ils auraient pitié d'eux-mêmes. Le malheur ou la laideur sont des miroirs qu'ils ne supportent pas. Je n'ai aucune pitié pour moi. Vous verrez, si la guerre éclate. Je supporte la faim, le mal sans souffrir, mieux que vous. Et l'injure. Si vous croyez que je n'entends pas les Troyennes sur mon passage ! Et elles me traitent de garce ! Et elles disent que le matin j'ai l'œil jaune. C'est faux ou c'est vrai. Mais cela m'est égal, si égal !

ANDROMAQUE. – Arrêtez-vous, Hélène !

HÉLÈNE. – Et si vous croyez que mon œil, dans ma collection de chromos en couleurs, comme dit votre mari, ne me montre pas parfois une Hélène vieillie, avachie, édentée, suçotant accroupie quelque confiture dans sa cuisine[10] ! Et ce que le plâtre de mon grimage[11] peut éclater de blancheur ! Et ce que la groseille peut être rouge ! Et ce que c'est coloré et sûr et certain !... Cela m'est complètement indifférent.

ANDROMAQUE. – Je suis perdue...

HÉLÈNE. – Pourquoi ? S'il suffit d'un couple parfait pour vous faire admettre la guerre, il y a toujours le vôtre, Andromaque.

---

10. Une Hélène vieillie... cuisine : allusion au sonnet pour Hélène de Ronsard « Quand vous serez bien vieille, au soir à la chandelle... / Vous serez au foyer une vieille accroupie ».

11. Grimage : maquillage.

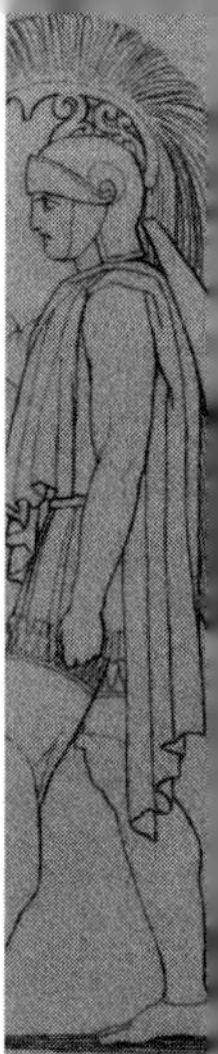

QUESTIONS SUR L'ACTE II, SCÈNE 8

AI-JE BIEN LU ?

1 **a.** Qui sont Hélène et Andromaque l'une pour l'autre ?
b. Qui engage la conversation ? Quel en est le sujet ?
2 Quelle prière Andromaque adresse-t-elle à Hélène ? Pourquoi ?
3 Pourquoi Andromaque est-elle découragée à la fin de la scène ?

J'ANALYSE LE TEXTE

Deux conceptions de l'amour

4 **a.** Pourquoi Andromaque est-elle persuadée qu'Hélène n'aime pas Pâris ? Quelle définition paradoxale donne-t-elle de l'amour conjugal, celui qu'elle partage avec Hector ?
b. Pourquoi la force de cet amour permettrait-elle de s'opposer au destin, et éventuellement d'éviter la guerre (l. 37-57) ? Citez le texte.
5 **a.** Comment, au contraire d'Andromaque, Hélène conçoit-elle l'amour (l. 27-29 et 96-111) ?
b. Par quelles métaphores poétiques exprime-t-elle cet amour (l. 96-111) ?
c. Quels aspects de l'amour Hélène refuse-t-elle ? Pourquoi ?

Le tragique : une guerre absurde

6 Sur quel malentendu et sur quels mensonges la guerre, qui va sans doute avoir lieu, sera-elle fondée (l. 51-76) ?
7 **a.** Pourquoi la guerre serait-elle moins absurde si Hélène aimait Pâris comme Andromaque aime Hector ?
b. « La guerre ne sera plus qu'un fléau, pas une injustice » (l. 83) : comment comprenez-vous cette déclaration d'Andromaque ?

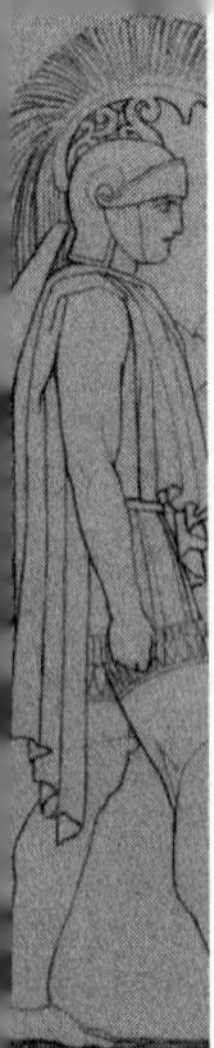

Hélène : une femme indifférente ou lucide ?

❽ Hélène refuse-t-elle la pitié par mépris, comme le pense Andromaque, ou pour d'autres raisons ? Lesquelles ?

❾ **a.** Relevez le champ lexical qui renvoie aux oiseaux (nom des oiseaux, habitat...).

b. Pourquoi Hélène a-t-elle des affinités avec les oiseaux ?

c. Montrez qu'à travers des exemples pris dans le monde des oiseaux, Hélène évoque le malheur de l'humanité (père noyé, mère ivre, maladies... l. 120-144).

d. L'image que se faisait le spectateur d'Hélène au début de la pièce a-t-elle changé ? Justifiez votre réponse.

❿ « Mais cela m'est égal, si égal ! », « Cela m'est complètement indifférent » dit Hélène (l. 153-154 et 162-163) : s'agit-il selon vous d'une véritable indifférence ou d'une forme de lucidité qui la conduit à rester impassible face au destin ?

⓫ « S'il suffit d'un couple parfait pour vous faire admettre la guerre, il y a toujours le vôtre » (l. 165-167).

a. Montrez qu'Hélène est ironique par rapport au couple Hector-Andromaque.

b. En quoi Hélène suggère-t-elle aussi que l'on ne peut admettre la guerre ?

L'écriture de Giraudoux : allusions et jeux de mots

⓬ « Le malentendu de l'entente, je ne vois pas très bien ce que cela peut être » (l. 28-29) : expliquez le jeu de mots.

⓭ Quelle vision Hélène a-t-elle de sa vieillesse (l. 156-163) ? En vous reportant à la note, indiquez l'allusion littéraire, clin d'œil de Giraudoux au public.

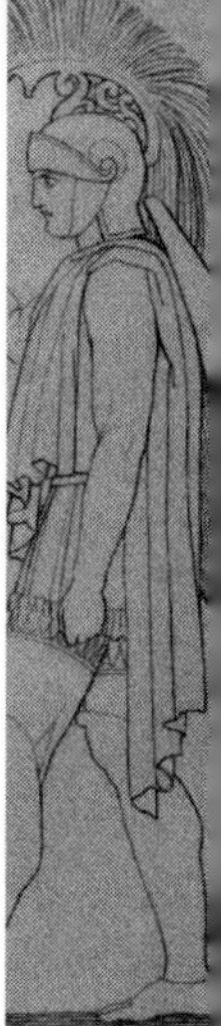

J'ÉTUDIE LA LANGUE

Vocabulaire : l'expression du désespoir

14 Dans cette scène, Andromaque exprime son désespoir face à une situation qui lui semble sans issue. Relevez les termes qui appartiennent au champ lexical du désespoir et à celui de la supplication depuis la ligne 51 jusqu'à la fin de la scène.

Vocabulaire : autour du mot malentendu

15 « C'est dans un malentendu que vous vivez tous deux » (l. 25-26).

a. Qu'est-ce qu'un malentendu ? Identifiez le préfixe de ce mot.

b. Trouvez deux mots formés avec le même préfixe.

16 **a.** Quelle est la différence entre un malentendu et la mésentente ?

b. Indiquez le sens du préfixe mes-.

c. À l'aide du préfixe mes- ou mé-, trouvez les mots corres-pondant aux définitions suivantes.

– qui n'est pas content : qui est m..............

– dire du mal : m..............

– commettre une mauvaise action : commettre un m..............

– qui n'est pas connu : qui est m..............

– transformé au point d'être malaisé à reconnaître : m..............

17 « On ne s'entend pas, dans l'amour » (l. 30-31) : imaginez une phrase dans laquelle s'entendre sera employé avec un autre sens.

DEUXIÈME ACTE

Scène neuvième

Hélène, Andromaque,
Oiax, puis Hector

Oiax. – Où est-il ? Où se cache-t-il ? Un lâche ! Un Troyen !

Hector. – Qui cherchez-vous ?

Oiax. – Je cherche Pâris...

Hector. – Je suis son frère.

Oiax. – Belle famille ! Je suis Oiax ! Qui es-tu ?

Hector. – On m'appelle Hector.

Oiax. – Moi je t'appelle beau-frère de pute !

Hector. – Je vois que la Grèce nous a envoyé des négociateurs. Que voulez-vous ?

Oiax. – La guerre !

Hector. – Rien à espérer. Vous la voulez pourquoi ?

Oiax. – Ton frère a enlevé Hélène.

Hector. – Elle était consentante, à ce que l'on m'a dit.

Oiax. – Une Grecque fait ce qu'elle veut. Elle n'a pas à te demander la permission. C'est un cas de guerre.

Hector. – Nous pouvons vous offrir des excuses.

Oiax. – Les Troyens n'offrent pas d'excuses. Nous ne partirons d'ici qu'avec votre déclaration de guerre.

Hector. – Déclarez-la vous-mêmes.

Oiax. – Parfaitement, nous la déclarerons, et dès ce soir.

Hector. – Vous mentez. Vous ne la déclarerez pas. Aucune île de l'archipel ne vous suivra si nous ne sommes pas les responsables... Nous ne le serons pas.

Oiax. – Tu ne la déclareras pas, toi, personnellement, si je te déclare que tu es un lâche ?

Hector. – C'est un genre de déclaration que j'accepte.

Oiax. – Je n'ai jamais vu manquer à ce point de réflexe militaire !... Si je te dis ce que la Grèce entière pense de Troie, que Troie est le vice, la bêtise ?...

Hector. – Troie est l'entêtement. Vous n'aurez pas la guerre.

Oiax. – Si je crache sur elle ?

Hector. – Crachez.

Oiax. – Si je te frappe, toi son prince ?

Hector. – Essayez.

Oiax. – Si je frappe en plein visage le symbole de sa vanité et de son faux honneur ?

Hector. – Frappez...

Oiax, *le giflant.* – Voilà... Si madame est ta femme, madame peut être fière.

Hector. – Je la connais... Elle est fière.

DEUXIÈME ACTE

Scène dixième

Les mêmes, Démokos

Démokos. – Quel est ce vacarme ! Que veut cet ivrogne, Hector ?

Hector. – Il ne veut rien. Il a ce qu'il veut.

DÉMOKOS. – Que se passe-t-il, Andromaque ?

ANDROMAQUE. – Rien.

OIAX. – Deux fois rien. Un Grec gifle Hector, et Hector encaisse.

DÉMOKOS. – C'est vrai, Hector ?

HECTOR. – Complètement faux, n'est-ce pas, Hélène ?

HÉLÈNE. – Les Grecs sont très menteurs. Les hommes grecs.

OIAX. – C'est de nature qu'il a une joue plus rouge que l'autre ?

HECTOR. – Oui. Je me porte bien de ce côté-là.

DÉMOKOS. – Dis la vérité, Hector. Il a osé porter la main sur toi ?

HECTOR. – C'est mon affaire.

DÉMOKOS. – C'est affaire de guerre. Tu es la statue même de Troie.

HECTOR. – Justement. On ne gifle pas les statues.

DÉMOKOS. – Qui es-tu, brute ? Moi, je suis Démokos, second fils d'Achichaos !

OIAX. – Second fils d'Achichaos ? Enchanté. Dis-moi, cela est-il aussi grave de gifler un second fils d'Achichaos que de gifler Hector ?

DÉMOKOS. – Tout aussi grave, ivrogne. Je suis chef du Sénat. Si tu veux la guerre, la guerre jusqu'à la mort, tu n'as qu'à essayer.

OIAX. – Voilà... J'essaie.

Il gifle Démokos.

DÉMOKOS. – Troyens ! Soldats ! Au secours !

Mise en scène de Nicolas Briançon avec Olivier Claverie et Nicolas Briançon, Paris, théâtre Sylvia-Monfort, du 23 Novembre 2006 au 14 Janvier 2007.

HECTOR. – Tais-toi, Démokos !

DÉMOKOS. – Aux armes ! On insulte Troie ! Vengeance !

HECTOR. – Je te dis de te taire.

DÉMOKOS. – Je crierai ! J'ameuterai la ville !

HECTOR. – Tais-toi !... Ou je te gifle !

DÉMOKOS. – Priam ! Anchise ! Venez voir la honte de Troie. Elle a Hector pour visage.

HECTOR. – Tiens !

Hector a giflé Démokos. Oiax s'esclaffe.

DEUXIÈME ACTE

Scène onzième

LES MÊMES, PRIAM ET LES NOTABLES, PÂRIS

Pendant la scène, Priam et les notables viennent se grouper en face du passage par où doit entrer Ulysse.

PRIAM. – Pourquoi ces cris, Démokos ?

DÉMOKOS. – On m'a giflé.

OIAX. – Va te plaindre à Achichaos !

PRIAM. – Qui t'a giflé ?

DÉMOKOS. – Hector ! Oiax ! Hector ! Oiax !

PÂRIS. – Qu'est-ce qu'il raconte ? Il est fou !

HECTOR. – On ne l'a pas giflé du tout, n'est-ce pas, Hélène ?

HÉLÈNE. – Je regardais pourtant bien, je n'ai rien vu.

OIAX. – Ses deux joues sont de la même couleur.

PÂRIS. – Les poètes s'agitent souvent sans raison. C'est ce qu'ils appellent leurs transes. Il va nous en sortir notre chant national.

DÉMOKOS. – Tu me le paieras, Hector...

DES VOIX. – Ulysse. Voici Ulysse...

Oiax s'est avancé tout cordial vers Hector.

OIAX. – Bravo ! Du cran. Noble adversaire. Belle gifle...

HECTOR. – J'ai fait de mon mieux.

OIAX. – Excellente méthode aussi. Coude fixe. Poignet biaisé. Grande sécurité pour carpe[1] et métacarpe. Ta gifle doit être plus forte que la mienne.

---

1. Carpe : double rangée de petits os située entre l'avant-bras et le métacarpe qui, lui, est avant les phalanges.

Hector. – J'en doute.

Oiax. – Tu dois admirablement lancer le javelot avec ce radius en fer et ce cubitus à pivot.

Hector. – Soixante-dix mètres.

Oiax. – Révérence ! Mon cher Hector, excuse-moi. Je retire mes menaces. Je retire ma gifle. Nous avons des ennemis communs, ce sont les fils d'Achichaos. Je ne me bats pas contre ceux qui ont avec moi pour ennemis les fils d'Achichaos. Ne parlons plus de guerre. Je ne sais pas ce qu'Ulysse rumine[2], mais compte sur moi pour arranger l'histoire…

Il va au-devant d'Ulysse avec lequel il rentrera.

Andromaque. – Je t'aime, Hector.

Hector, *montrant sa joue.* – Oui. Mais ne m'embrasse pas encore tout de suite, veux-tu ?

Andromaque. – Tu as gagné encore ce combat. Aie confiance.

Hector. – Je gagne chaque combat. Mais de chaque victoire l'enjeu s'envole.

---

2. Rumine : retourne dans sa tête, prépare.

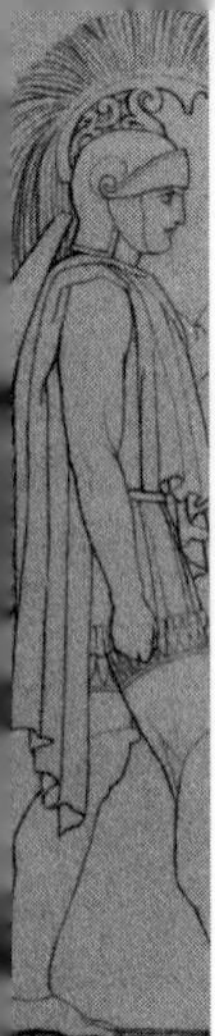

QUESTIONS SUR L'ACTE II, SCÈNES 9, 10 ET 11

AI-JE BIEN LU ?

1 **a.** Qui est Oiax ? À quel camp appartient-il ?
b. Qui cherche-t-il ? Pour quelle raison ?
2 Qui donne des gifles ? À qui ? Pourquoi ?
3 Quels personnages sont témoins de la scène ?
4 À la fin de la scène 11, Hector a-t-il apparemment réussi à sauver la paix ?
5 Quel personnage est annoncé ?

J'ANALYSE LE TEXTE

Le pacifisme d'Hector

— La provocation verbale

Dans la scène 4 de l'acte II, le Géomètre insiste sur la nécessité de composer les épithètes qui préludent au combat (« le corps est plus vulnérable quand l'amour-propre est à vif »).

6 **a.** Quelles injures Hector subit-il de la part d'Oiax (scène 9) : sur sa famille, sur la nation, sur sa propre personne ?
b. Retrouvez, en complétant le tableau, le ton utilisé par Oiax (l'ironie, la vulgarité sexiste, un ton faussement respectueux).

Insultes	Ton utilisé
« Belle famille ! » (l. 5)	
« Moi, je t'appelle beau-frère de pute ! » (l. 7)	
« Si madame est ta femme, madame peut être fière. » (l. 39-40)	

c. Que cherche à obtenir Oiax en insultant Hector ?
d. La provocation verbale a-t-elle fonctionné ?

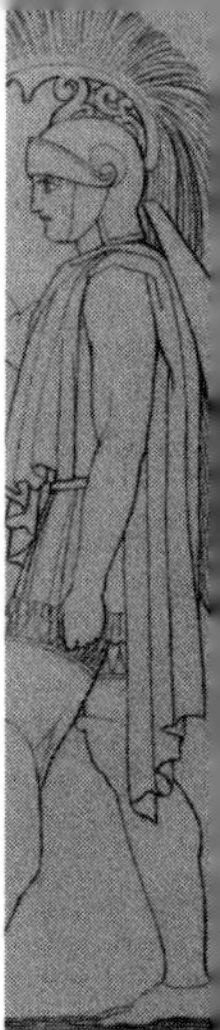

Les réactions d'Hector

L'**antiphrase** est une phrase (ou mot ou expression) qui signifie le contraire de ce qu'elle énonce, en faisant comprendre que l'on pense le contraire de ce qu'on dit. Ex : *Je vous félicite !*

7 **a.** Comment Hector réagit-il au tutoiement d'Oiax ?
b. « Je vois que la Grèce nous a envoyé des négociateurs » : quel terme Hector emploie-t-il par antiphrase ?
c. « Elle était consentante » (l. 13), « Nous pouvons vous offrir des excuses » (l. 16) : montrez qu'Hector cherche par tous les moyens à sauvegarder la paix.
d. Relisez la dernière réplique d'Hector. Quel combat vient-il de gagner ? Quel doute cependant s'insinue en lui ?
8 **a.** « J'accepte » (l. 26), « Crachez » (l. 33), « Essayez » (l. 35), « Frappez » (l. 38) : comment Hector tente-t-il de calmer la situation ? Pourquoi n'y réussit-il pas ?
b. À la fin de la scène, Oiax franchit un nouveau pas dans la violence. Lequel ?
c. Hector y répond-il ? De quelle qualité fait-il preuve ?

Hector face à Démokos

9 **a.** Relevez dans les scènes 10 et 11 les répliques par lesquelles Hector ment à Démokos puis à Priam. À quel sujet et dans quel but le fait-il ?
b. Hélène et Andromaque sont-elles complices de son mensonge ? Justifiez votre réponse.
10 Pourquoi Hector veut-il faire taire Démokos ? Par quel moyen le fait-il (scène 10) ?

Les bellicistes

Oiax et Démokos

11 **a.** Quels termes Démokos choisit-il pour s'adresser à Oiax (l. 42-70) ?

b. Par quelle phrase Démokos provoque-t-il Oiax (l. 67-69) ?
c. Quel but Démokos recherche-t-il ? Y réussit-il ?

— Les enjeux de la guerre

Les raisons de faire la guerre pour Démokos étaient : de garder Hélène (I, 6) ; de préserver l'honneur de Troie (II, 5) ; de venger l'honneur d'Hector, symbole de Troie (II, 10).

12 **a.** Relevez les métaphores par lesquelles Démokos désigne successivement Hector.
b. Comment Hector devient-il un prétexte à faire la guerre ?
c. Quel dernier prétexte Démokos peut-il invoquer à la fin de la scène 10 ?

— Le revirement d'Oiax

13 **a.** Comment expliquez-vous le revirement soudain d'Oiax ?
b. Quelle menace veut-il tenter de déjouer à la fin de la scène 11 ?

L'écriture de Giraudoux

— Un rythme dramatique

Les **stichomythies** constituent des dialogues tragiques, au cours duquel les personnages se répondent vers par vers, de façon très courte. Elles traduisent l'intensité et la violence de l'échange.

14 Dans les scènes 9 et 10, délimitez les passages qui forment des stichomythies. L'échange est-il lent ou rapide ? Comment la violence est-elle attisée ?

— Le mélange des registres

Au sein de la tragédie, Giraudoux utilise parfois les **ressorts du comique** et de l'humour comme dans cette scène.

15 Quel geste répété accompli par Oiax, puis par Hector, pourrait relever du comique de farce ?

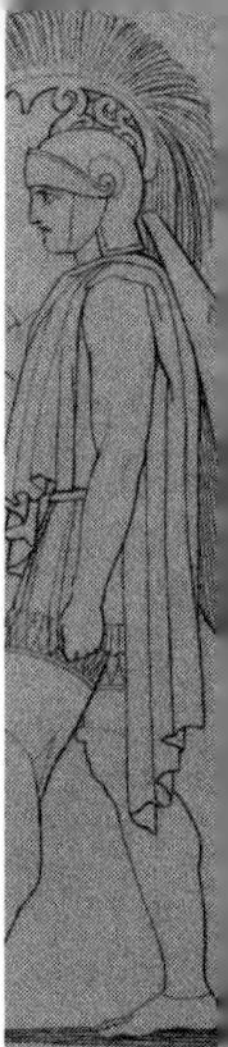

16 « Beau-frère de pute » (l. 7), « ivrogne » (l. 42), « Hector encaisse » (l. 47-48) : le niveau de langage est-il celui d'une tragédie ?

J'ÉTUDIE LA LANGUE

Conjugaison : l'impératif

17 Réécrivez les verbes à l'impératif à la 2e personne du singulier.
a. « Crachez ». **b.** « Essayez ». **c.** « Frappez ».

18 Réécrivez les impératifs à la 1re et à la 2e personne du pluriel.
a. « Dis-la vérité ». **b.** « Tais-toi ». **c.** « Excuse-moi ».

Orthographe : les noms propres, majuscule ou minuscule ?

19 « Les Grecs sont très menteurs. Les hommes grecs. » (l. 51-52) : justifiez l'emploi de la majuscule et de la minuscule pour les mots « Grecs » et « grecs ».

20 Complétez par une majuscule ou une minuscule.
a. Quand nous avons visité les lacs Italiens / italiens, nous avons rencontré des Allemands / allemands.
b. Préfères-tu la cuisine chinoise /Chinoise ou japonaise / Japonaise ?
c. Ce chanteur est anglais / Anglais.
d. C'est un anglais / Anglais.

DÉBATTRE

Mentir ou pas pour une bonne cause ?

21 Pour préserver la paix, Hector n'hésite pas à mentir à plusieurs reprises au cours de la pièce. Pensez-vous, comme le héros grec, que le mensonge soit acceptable dans certaines circonstances ?

CONSEILS POUR QUE LE DÉBAT EN CLASSE SE DÉROULE BIEN

- Déterminez votre position sur le sujet.
- Recherchez les arguments en faveur de votre position et classez-les selon que le mensonge touche à la vie familiale ou, comme dans cette scène, à la vie publique.
- Appuyez-vous sur vos lectures, sur votre expérience et sur l'actualité.
- Pendant le débat, ne coupez pas la parole à celui qui s'exprime.
- Efforcez-vous de ne pas garder la parole trop longtemps.
- Gardez votre calme même si vous n'êtes pas du même avis que vos camarades.

POUR ALLER PLUS LOIN

Giraudoux et les références littéraires

Dans *La guerre de Troie n'aura pas lieu*, Giraudoux fait parfois référence à des œuvres de la littérature française.

Ainsi, dans la scène 4 de l'acte I, Pâris reprend un vers du poème « L'Isolement » de Lamartine, poète du XIXe siècle. Sous sa plume « Un seul être vous manque, et tout est dépeuplé » devient « Un seul être vous manque, et tout est repeuplé ».

Dans la scène 8 de l'acte II, le portrait qu'Hélène fait d'elle-même peut être une allusion aux *Sonnets pour Hélène* de Ronsard, poète du XVIe siècle.

Dans la scène 9, la première réplique d'Oiax : « Où est-il ? Où se cache-t-il ? » reprend deux phrases du monologue d'Harpagon dans *L'Avare* de Molière (acte IV, scène 7).

De même les gifles données à Hector évoquent le soufflet que Rodrigue donne au Comte dans *Le Cid* de Corneille (acte I, scène 3).

Scène douzième

PRIAM, HECTOR, PÂRIS, HÉLÈNE, HÉCUBE, LES TROYENS, LES VIEILLARDS (ABNÉOS, ANCHISE), LE GABIER, OLPIDÈS, IRIS, LES TROYENNES, ULYSSE, OIAX ET LEUR SUITE

ULYSSE. – Priam et Hector, je pense ?

PRIAM. – Eux-mêmes. Et derrière eux, Troie, et les faubourgs de Troie, et la campagne de Troie, et l'Hellespont[1], et ce pays comme un poing fermé qui est la Phrygie[2]. Vous êtes Ulysse ?

ULYSSE. – Je suis Ulysse.

PRIAM. – Et voilà Anchise[3]. Et derrière lui, la Thrace[4], le Pont[5], et cette main ouverte qu'est la Tauride[6].

ULYSSE. – Beaucoup de monde pour une conversation diplomatique.

PRIAM. – Et voici Hélène.

ULYSSE. – Bonjour, reine.

HÉLÈNE. – J'ai rajeuni ici, Ulysse. Je ne suis plus que princesse.[7]

PRIAM. – Nous vous écoutons.

OIAX. – Ulysse, parle à Priam. Moi je parle à Hector.

---

1. **Hellespont :** ancien nom des Dardanelles.
2. **Phrygie :** région occidentale de l'Asie mineure.
3. **Anchise :** chef troyen, père d'Énée qu'il eut avec Aphrodite.
4. **Thrace :** région du nord-est de la Grèce.
5. **Pont :** Pont-Euxin, nom en grec ancien de la mer Noire et du royaume situé sur ses rives au nord-est de l'Asie.
6. **Tauride :** ancien nom grec de la région qui est maintenant la Crimée.
7. **J'ai rajeuni ici, Ulysse. Je ne suis plus que princesse :** en tant qu'épouse de Ménélas, Hélène était reine à Sparte ; à Troie, épouse de Pâris, prince troyen, elle a le titre de princesse.

ULYSSE. – Priam, nous sommes venus pour reprendre Hélène.

OIAX. – Tu le comprends, n'est-ce pas, Hector ? Ça ne pouvait pas se passer comme ça !

ULYSSE. – La Grèce et Ménélas crient vengeance.

OIAX. – Si les maris trompés ne criaient pas vengeance, qu'est-ce qu'il leur resterait ?

ULYSSE. – Qu'Hélène nous soit donc rendue dans l'heure même. Ou c'est la guerre.

OIAX. – Il y a les adieux à faire.

HECTOR. – Et c'est tout ?

ULYSSE. – C'est tout.

OIAX. – Ce n'est pas long, tu vois, Hector ?

HECTOR. – Ainsi, si nous vous rendons Hélène, vous nous assurez la paix.

OIAX. – Et la tranquillité.

HECTOR. – Si elle s'embarque dans l'heure, l'affaire est close.

OIAX. – Et liquidée.

HECTOR. – Je crois que nous allons pouvoir nous entendre, n'est-ce pas, Hélène ?

HÉLÈNE. – Oui, je le pense.

ULYSSE. – Vous ne voulez pas dire qu'Hélène va nous être rendue ?

HECTOR. – Cela même. Elle est prête.

OIAX. – Pour les bagages, elle en aura toujours plus au retour qu'elle n'en avait au départ.[8]

---

8. Pour les bagages... au départ : la légende veut que Pâris ait enlevé Hélène nue, alors qu'elle se baignait (voir Acte I, scène 4).

Hector. – Nous vous la rendons, et vous garantissez la paix. Plus de représailles, plus de vengeance ?

Oiax. – Une femme perdue, une femme retrouvée, et c'est justement la même. Parfait ! N'est-ce pas, Ulysse ?

Ulysse. – Pardon ! Je ne garantis rien. Pour que nous renoncions à toutes représailles, il faudrait qu'il n'y eût pas prétexte à représailles. Il faudrait que Ménélas retrouvât Hélène dans l'état même où elle lui fut ravie.

Hector. – À quoi reconnaîtra-t-il un changement ?

Ulysse. – Un mari est subtil quand un scandale mondial l'a averti. Il faudrait que Pâris eût respecté Hélène. Et ce n'est pas le cas...

La foule. – Ah ! non. Ce n'est pas le cas !

Des voix. – Pas précisément !

Hector. – Et si c'était le cas ?

Ulysse. – Où voulez-vous en venir, Hector ?

Hector. – Pâris n'a pas touché Hélène. Tous deux m'ont fait leurs confidences.

Ulysse. – Quelle est cette histoire ?

Hector. – La vraie histoire, n'est-ce pas, Hélène ?

Hélène. – Qu'a-t-elle d'extraordinaire ?

Une voix. – C'est épouvantable ! Nous sommes déshonorés !

Hector. – Qu'avez-vous à sourire, Ulysse ? Vous voyez sur Hélène le moindre indice d'une défaillance à son devoir ?

Ulysse. – Je ne le cherche pas. L'eau sur le canard marque mieux que la souillure sur la femme.

Pâris. – Tu parles à une reine.

Ulysse. – Exceptons les reines naturellement... Ainsi,

Pâris, vous avez enlevé cette reine, vous l'avez enlevée nue ; vous-même, je pense, n'étiez pas dans l'eau avec cuissard et armure ; et aucun goût d'elle, aucun désir d'elle ne vous a saisi ?

PÂRIS. – Une reine nue est couverte par sa dignité.

HÉLÈNE. – Elle n'a qu'à ne pas s'en dévêtir.

ULYSSE. – Combien a duré le voyage ? J'ai mis trois jours avec mes vaisseaux, et ils sont plus rapides que les vôtres.

DES VOIX. – Quelles sont ces intolérables insultes à la marine troyenne ?

UNE VOIX. – Vos vents sont plus rapides ! Pas vos vaisseaux !

ULYSSE. – Mettons trois jours, si vous voulez. Où était la reine, pendant ces trois jours ?

PÂRIS. – Sur le pont, étendue.

ULYSSE. – Et Pâris. Dans la hune[9] ?

HÉLÈNE. – Étendu près de moi.

ULYSSE. – Il lisait, près de vous ? Il pêchait la dorade ?

HÉLÈNE. – Parfois il m'éventait.

ULYSSE. – Sans jamais vous toucher ?...

HÉLÈNE. – Un jour, le deuxième, il m'a baisé la main.

ULYSSE. – La main ! Je vois. Le déchaînement de la brute.

HÉLÈNE. – J'ai cru digne de ne pas m'en apercevoir.

ULYSSE. – Le roulis ne vous a pas poussés l'un vers l'autre ?... Je pense que ce n'est pas insulter la marine troyenne de dire que ses bateaux roulent...

UNE VOIX. – Ils roulent beaucoup moins que les bateaux grecs ne tanguent.

---

9. Hune : plate-forme en haut d'un mât.

OIAX. – Tanguer, nos bateaux grecs ! S'ils ont l'air de tanguer, c'est à cause de leur proue surélevée et de leur arrière qu'on évide !...

UNE VOIX. – Oh ! oui ! La face arrogante et le cul plat, c'est tout grec...

ULYSSE. – Et les trois nuits ? Au-dessus de votre couple, les étoiles ont paru et disparu trois fois. Rien ne vous est demeuré, Hélène, de ces trois nuits ?

HÉLÈNE. – Si... Si ! J'oubliais ! Une bien meilleure science des étoiles.

ULYSSE. – Pendant que vous dormiez, peut-être... il vous a prise...

HÉLÈNE. – Un moucheron m'éveille...

HECTOR. – Tous deux vous le jureront, si vous voulez, sur votre déesse Aphrodite.

ULYSSE. – Je leur en fais grâce. Je la connais, Aphrodite ! Son serment favori c'est le parjure... Curieuse histoire, et qui va détruire dans l'Archipel[10] l'idée qu'il y avait des Troyens.

PÂRIS. – Que pensait-on des Troyens, dans l'Archipel ?

ULYSSE. – On les y croit moins doués que nous pour le négoce, mais beaux et irrésistibles. Poursuivez vos confidences, Pâris. C'est une intéressante contribution à la physiologie. Quelle raison a bien pu vous pousser à respecter Hélène quand vous l'aviez à merci ?...

PÂRIS. – Je... je l'aimais.

HÉLÈNE. – Si vous ne savez pas ce que c'est que l'amour, Ulysse, n'abordez pas ces sujets-là.

---

10. Archipel : la Grèce.

ULYSSE. – Avouez, Hélène, que vous ne l'auriez pas suivi, si vous aviez su que les Troyens sont impuissants…

UNE VOIX. – C'est une honte !

UNE VOIX. – Qu'on le musèle.[11]

UNE VOIX. – Amène ta femme, et tu verras.

UNE VOIX. – Et ta grand-mère !

ULYSSE. – Je me suis mal exprimé. Que Pâris, le beau Pâris, fût impuissant…

UNE VOIX. – Est-ce que tu vas parler, Pâris ? Vas-tu nous rendre la risée du monde ?

PÂRIS. – Hector, vois comme ma situation est désagréable !

HECTOR. – Tu n'en as plus que pour une minute… Adieu, Hélène. Et que ta vertu devienne aussi proverbiale qu'aurait pu l'être ta facilité.

HÉLÈNE. – Je n'avais pas d'inquiétude. Les siècles vous donnent toujours le mérite qui est le vôtre.

ULYSSE. – Pâris l'impuissant, beau surnom !… Vous pouvez l'embrasser, Hélène, pour une fois.

PÂRIS. – Hector !

LE PREMIER GABIER. – Est-ce que vous allez supporter cette farce, commandant ?

HECTOR. – Tais-toi ! C'est moi qui commande ici !

LE GABIER. – Vous commandez mal ! Nous, les gabiers de Pâris, nous en avons assez. Je vais le dire, moi, ce qu'il a fait à votre reine !…

DES VOIX. – Bravo ! Parle !

LE GABIER. – Il se sacrifie sur l'ordre de son frère. Moi, j'étais officier de bord. J'ai tout vu. […]

---

11. Qu'on le musèle : qu'on le fasse taire.

Les gabiers révèlent alors comment se sont vraiment comportés Pâris et Hélène à bord du navire qui les emmenait à Troie.

Hector. – Taisez-vous tous.
Le gabier. – Tiens, fais taire celle-là !

Iris[12] apparaît dans le ciel.

Le peuple. – Iris ! Iris !
Pâris. – C'est Aphrodite qui t'envoie ?
Iris. – Oui, Aphrodite ; elle me charge de vous dire que l'amour est la loi du monde. Que tout ce qui double l'amour devient sacré, que ce soit le mensonge, l'avarice, ou la luxure[13]. Que tout amoureux, elle le prend sous sa garde, du roi au berger en passant par l'entremetteur. J'ai bien dit : l'entremetteur. S'il en est un ici, qu'il soit salué. Et qu'elle vous interdit à vous deux, Hector et Ulysse, de séparer Pâris d'Hélène. Ou il y aura la guerre.
Pâris, les vieillards. – Merci, Iris !
Hector. – Et de Pallas[14] aucun message ?
Iris. – Oui, Pallas me charge de vous dire que la raison est la loi du monde. Tout être amoureux, vous fait-elle dire, déraisonne. Elle vous demande de lui avouer franchement s'il y a plus bête que le coq sur la poule ou la mouche sur la mouche. Elle n'insiste pas. Et elle vous ordonne, à vous Hector et vous Ulysse, de séparer Hélène de ce Pâris à poil frisé. Ou il y aura la guerre.

---

12. Iris : dans la mythologie grecque, Iris est la messagère des dieux.
13. Luxure : débauche.
14. Pallas : Athéna.

Hector, les femmes. – Merci, Iris !

Priam. – Ô mon fils, ce n'est ni Aphrodite ni Pallas qui règlent l'univers. Que nous commande Zeus dans cette incertitude ?

Iris. – Zeus, le maître des dieux, vous fait dire que ceux qui ne voient que l'amour dans le monde sont aussi bêtes que ceux qui ne le voient pas. La sagesse, vous fait dire Zeus, le maître des dieux, c'est tantôt de faire l'amour et tantôt de ne pas le faire. Les prairies semées de coucous et de violettes, à son humble et impérieux avis, sont aussi douces à ceux qui s'étendent l'un sur l'autre qu'à ceux qui s'étendent l'un près de l'autre, soit qu'ils lisent, soit qu'ils soufflent sur la sphère aérée du pissenlit, soit qu'ils pensent au repas du soir ou à la république. Il s'en rapporte donc à Hector et à Ulysse pour que l'on sépare Hélène et Pâris tout en ne les séparant pas. Il ordonne à tous les autres de s'éloigner, et de laisser face à face les négociateurs. Et que ceux-là s'arrangent pour qu'il n'y ait pas la guerre. Ou alors, il vous le jure et il n'a jamais menacé en vain, il vous jure qu'il y aura la guerre.

Hector. – À vos ordres, Ulysse !

Ulysse. – À vos ordres.

Tous se retirent. On voit une grande écharpe[15] *se former dans le ciel.*

Hélène. – C'est bien elle. Elle a oublié sa ceinture à mi-chemin.

---

15. Écharpe : l'écharpe d'Iris aux sept couleurs désigne l'arc-en-ciel. Les Anciens disaient que l'arc-en-ciel était la trace que laissait Iris en descendant rapidement de l'Olympe pour porter un message.

QUESTIONS SUR L'ACTE II, SCÈNE 12

AI-JE BIEN LU ?

1 Qui est Ulysse ?
2 Quelles conditions pose-t-il pour que la guerre soit évitée ?
3 Qui sont les gabiers ? Leur intervention contribue-t-elle à la paix ?
4 Qui est Iris ? De quels dieux transmet-elle les messages ?
5 Quels sont les personnages qui restent en scène ? Pourquoi ?

J'ANALYSE LE TEXTE

Ulysse ambassadeur

Dans l'*Iliade* et l'*Odyssée*, Ulysse est un héros intelligent et rusé, il est appelé « Ulysse aux mille tours ».

— Les conditions de la paix

6 **a.** Comment le début de l'ambassade se déroule-t-il ? Les deux partis arrivent-ils facilement à un accord ?
b. À quel moment Ulysse opère-t-il un renversement de situation ? Suffit-il de rendre Hélène pour éviter la guerre ?
c. Quelle nouvelle condition Ulysse impose-t-il ? Cette condition est-elle réalisable ?
7 **a.** Comment Hector continue-t-il à défendre la cause de la paix (l. 58-149) ?
b. Ulysse croit-il ses déclarations ?

— Les provocations

8 **a.** Pour déjouer la volonté pacifiste d'Hector, à quelles provocations Ulysse se livre-t-il envers Pâris et les Troyens ?
b. « Et Pâris. Dans la hune ? » (l. 87), « Il lisait, près de vous ? Il pêchait la dorade ? » (l. 89), « La main ! Je vois. Le déchaînement de la brute. » (l. 93) : sur quel ton Ulysse prononce-t-il ces phrases ?

c. Comment Hélène, Pâris, la foule, les gabiers réagissent-ils ?
d. Les provocations d'Ulysse ont-elles réussi ? Ulysse vous paraît-il fidèle à sa légende ?

— Oiax : un doublage comique

9 Oiax est-il grec ou troyen ? Est-il du côté d'Hector ou du côté d'Ulysse ?

10 **a.** À qui s'adresse-t-il (l. 16-47) ?
b. Se contente-t-il de répéter à sa façon les paroles d'Ulysse ou s'engage-t-il davantage ? Dans quel but fait-il cela ?

11 Montrez qu'il fait des commentaires comiques et familiers.
a. Relevez et expliquez son commentaire sur les bagages d'Hélène (l. 42-43).
b. Expliquez le jeu de mots : « Une femme perdue, une femme retrouvée ».

— Le rôle de la foule

12 Lisez les répliques de la foule (l. 56-155).
a. Se laisse-t-elle facilement manipuler ?
b. Pourquoi la foule ne tolère-t-elle pas les insultes faites à Pâris ?

> Le **chauvinisme** consiste à afficher un patriotisme excessif, aveugle et agressif.

13 **a.** Montrez que la foule est chauvine et grossière.
b. Est-elle belliciste ou pacifiste ?

L'intrusion du merveilleux

— Iris, messagère des dieux

14 **a.** De quelle façon Iris apparaît-elle puis disparaît-elle ?
b. Expliquez l'image poétique de l'écharpe (didascalie et note 15).

— Le rôle des dieux

15 Quels ordres contradictoires Aphrodite et Pallas donnent-elles par la voix d'Iris ?

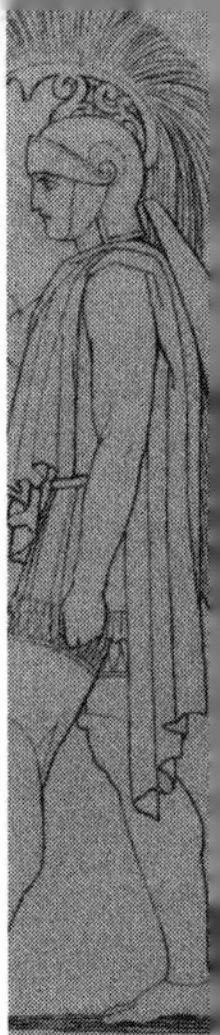

16 Le discours de Zeus vous semble-t-il clair ?
a. Montrez que ses arguments n'en sont pas.
b. En quoi sa conclusion est-elle absurde (l. 190-192) ?
17 Comment Pâris, Hector et Priam réagissent-ils à ces interventions divines ?
18 À qui le roi des dieux s'en remet-il pour résoudre l'affaire ?
19 Quelle image des dieux Giraudoux renvoie-t-il dans cette scène ?

Le tragique

20 **a.** Le véritable but de l'ambassade d'Ulysse est-il de repartir avec Hélène ?
b. En quoi la foule troyenne, les gabiers et même Pâris jouent-il, malgré eux, le jeu d'Ulysse ?
21 Quelle menace les trois dieux brandissent-ils en cas de non-respect de leurs consignes ?

Les attentes du spectateur

> L'intervention des dieux relance la question de la guerre en introduisant un nouveau délai.

22 À la fin de la scène, le spectateur est-il en mesure de répondre à la question : la guerre aura-t-elle lieu ou non ?

J'ÉTUDIE LA LANGUE

Grammaire : les classes grammaticales de « que »

> « Que » peut être :
> – pronom relatif (après un nom ou un pronom). Ex : *Les Troyens ne veulent à aucun prix renoncer à Hélène* ***qu'****ils appellent la Beauté.*

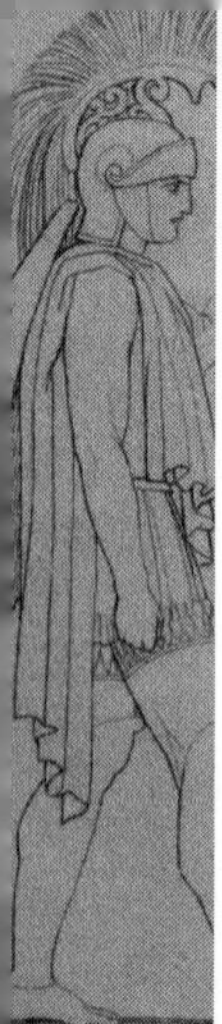

– conjonction de subordination (après un verbe ou avant un complément du comparatif). Ex : *On annonce* ***que*** *les navires grecs approchent des côtes troyennes. / Mes vaisseaux, et ils sont plus rapides* ***que*** *les vôtres.*
– pronom interrogatif. Ex : ***Que*** *dites-vous ?*
– locution adverbiale. Ex : *Je* ***ne*** *suis plus* ***que*** *princesse.*
– adverbe exclamatif. Ex : ***Qu'****elle est belle !*
– « béquille » ou introducteur du subjonctif dans la phrase injonctive. Ex. : ***Qu'****on le musèle.*

23 Indiquez la classe grammaticale de « que » dans les phrases suivantes.

a. « **Qu**'Hélène nous soit donc rendue dans l'heure même. »
b. « Je crois **que** nous pouvons nous entendre, n'est-ce pas Hélène ? »
c. « Il faudrait **qu**'il n'y eût pas prétexte à représailles. »
d. « Et il nous a tous envoyés dans la cale, excepté nous deux **qu**'il n'a pas vus. »
e. « **Que** pensait-on des Troyens, dans l'Archipel ? »
f. « Zeus, le maître des dieux, vous fait dire **que** ceux qui ne voient **que** l'amour dans le monde sont aussi bêtes **que** ceux qui ne le voient pas. »

J'ÉCRIS

Réécriture

24 Transposer au discours indirect le passage suivant :

« ULYSSE. – Où voulez-vous en venir, Hector ?
HECTOR. – Pâris n'a pas touché Hélène. Tous deux m'ont fait leurs confidences. »

CONSIGNES D'ÉCRITURE
- Commencez par : *Ulysse demanda à Hector* et poursuivez par : *Hector répondit...*
- Faites les modifications qui s'imposent.

Scène treizième

ULYSSE, HECTOR

HECTOR. – Et voilà le vrai combat, Ulysse.

ULYSSE. – Le combat d'où sortira ou ne sortira pas la guerre, oui.

HECTOR. – Elle en sortira ?

ULYSSE. – Nous allons le savoir dans cinq minutes.

HECTOR. – Si c'est un combat de paroles, mes chances sont faibles.

ULYSSE. – Je crois que cela sera plutôt une pesée. Nous avons vraiment l'air d'être chacun sur le plateau d'une balance. Le poids parlera…

HECTOR. – Mon poids ? Ce que je pèse, Ulysse ? Je pèse un homme jeune, une femme jeune, un enfant à naître. Je pèse la joie de vivre, la confiance de vivre, l'élan vers ce qui est juste et naturel.

ULYSSE. – Je pèse l'homme adulte, la femme de trente ans, le fils que je mesure chaque mois avec des encoches, contre le chambranle du palais… Mon beau-père prétend que j'abîme la menuiserie… Je pèse la volupté de vivre et la méfiance de la vie.

HECTOR. – Je pèse la chasse, le courage, la fidélité, l'amour.

ULYSSE. – Je pèse la circonspection[1] devant les dieux, les hommes, et les choses.

1. **Circonspection :** prudence, sagesse, discernement.

HECTOR. – Je pèse le chêne phrygien, tous les chênes phrygiens feuillus et trapus, épars sur nos collines avec nos bœufs frisés.

ULYSSE. – Je pèse l'olivier.

HECTOR. – Je pèse le faucon, je regarde le soleil en face.

ULYSSE. – Je pèse la chouette.

HECTOR. – Je pèse tout un peuple de paysans débonnaires[2], d'artisans laborieux, des milliers de charrues, de métiers à tisser, de forges et d'enclumes... Oh ! pourquoi, devant vous, tous ces poids me paraissent-ils tout à coup si légers !

ULYSSE. – Je pèse ce que pèse cet air incorruptible et impitoyable sur la côte et sur l'archipel.

HECTOR. – Pourquoi continuer ? La balance s'incline.

ULYSSE. – De mon côté ?... Oui, je le crois.

HECTOR. – Et vous voulez la guerre ?

ULYSSE. – Je ne la veux pas. Mais je suis moins sûr de ses intentions à elle.

HECTOR. – Nos peuples nous ont délégués tous deux ici pour la conjurer. Notre seule réunion signifie que rien n'est perdu...

ULYSSE. – Vous êtes jeune, Hector !... À la veille de toute guerre, il est courant que deux chefs des peuples en conflit se rencontrent seuls dans quelque innocent village, sur la terrasse au bord d'un lac, dans l'angle d'un jardin. Et ils conviennent que la guerre est le pire fléau du monde, et tous deux, à suivre du regard ces reflets et ces rides sur

---

2. Débonnaires : doux, pacifiques.

les eaux, à recevoir sur l'épaule ces pétales de magnolias, ils sont pacifiques, modestes, loyaux. Et ils s'étudient. Ils se regardent. Et, tiédis par le soleil, attendris par un vin clairet, ils ne trouvent dans le visage d'en face aucun trait qui justifie la haine, aucun trait qui n'appelle l'amour humain, et rien d'incompatible non plus dans leurs langages, dans leur façon de se gratter le nez ou de boire. Et ils sont vraiment combles de paix, de désirs de paix. Et ils se quittent en se serrant les mains, en se sentant des frères. Et ils se retournent de leur calèche pour se sourire... Et le lendemain pourtant éclate la guerre... Ainsi nous sommes tous deux maintenant... Nos peuples autour de l'entretien se taisent et s'écartent, mais ce n'est pas qu'ils attendent de nous une victoire sur l'inéluctable[3]. C'est seulement qu'ils nous ont donné pleins pouvoirs, qu'ils nous ont isolés, pour que nous goûtions mieux, au-dessus de la catastrophe, notre fraternité d'ennemis. Goûtons-la. C'est un plat de riches. Savourons-la... Mais c'est tout. Le privilège des grands, c'est de voir les catastrophes d'une terrasse.

HECTOR. – C'est une conversation d'ennemis que nous avons là ?

ULYSSE. – C'est un duo avant l'orchestre. C'est le duo des récitants avant la guerre. Parce que nous avons été créés sensés, justes et courtois, nous nous parlons, une heure avant la guerre, comme nous nous parlerons longtemps après, en anciens combattants. Nous nous réconcilions avant la lutte même, c'est toujours cela. Peut-être

---

3. Inéluctable : ce qu'on ne peut éviter ni empêcher.

d'ailleurs avons-nous tort. Si l'un de nous doit un jour tuer l'autre et arracher pour reconnaître sa victime la visière de son casque, il vaudrait peut-être mieux qu'il ne lui donnât pas un visage de frère... Mais l'univers le sait, nous allons nous battre.

HECTOR. – L'univers peut se tromper. C'est à cela qu'on reconnaît l'erreur, elle est universelle.

ULYSSE. – Espérons-le. Mais quand le destin, depuis des années, a surélevé deux peuples, quand il leur a ouvert le même avenir d'invention et d'omnipotence[4], quand il a fait de chacun, comme nous l'étions tout à l'heure sur la bascule, un poids précieux et différent pour peser le plaisir, la conscience et jusqu'à la nature, quand par leurs architectes, leurs poètes, leurs teinturiers, il leur a donné à chacun un royaume opposé de volumes, de sons et de nuances, quand il leur a fait inventer le toit en charpente troyen et la voûte thébaine[5], le rouge phrygien et l'indigo grec, l'univers sait bien qu'il n'entend pas préparer ainsi aux hommes deux chemins de couleur et d'épanouissement, mais se ménager son festival, le déchaînement de cette brutalité et de cette folie humaines qui seules rassurent les dieux. C'est de la petite politique, j'en conviens. Mais nous sommes chefs d'État, nous pouvons bien entre nous deux le dire : c'est couramment celle du Destin.

HECTOR. – Et c'est Troie et c'est la Grèce qu'il a choisies cette fois ?

---

4. Omnipotence : toute-puissance.
5. Voûte thébaine : voûte que l'on trouve à Thèbes en Béotie, donc en Grèce.

Ulysse. – Ce matin j'en doutais encore. J'ai posé le pied sur votre estacade, et j'en suis sûr.

Hector. – Vous vous êtes senti sur un sol ennemi ?

Ulysse. – Pourquoi toujours revenir à ce mot ennemi ! Faut-il vous le redire ? Ce ne sont pas les ennemis naturels qui se battent. Il est des peuples que tout désigne pour une guerre, leur peau, leur langue et leur odeur, ils se jalousent, ils se haïssent, ils ne peuvent pas se sentir… Ceux-là ne se battent jamais. Ceux qui se battent, ce sont ceux que le sort a lustrés[6] et préparés pour une même guerre : ce sont les adversaires.

Hector. – Et nous sommes prêts pour la guerre grecque ?

Ulysse. – À un point incroyable. Comme la nature munit les insectes dont elle prévoit la lutte, de faiblesses et d'armes qui se correspondent, à distance, sans que nous nous connaissions, sans que nous nous en doutions, nous nous sommes élevés tous deux au niveau de notre guerre. Tout correspond de nos armes et de nos habitudes comme des roues à pignon. Et le regard de vos femmes, et le teint de vos filles sont les seuls qui ne suscitent en nous ni la brutalité ni le désir, mais cette angoisse du cœur et de la joie qui est l'horizon de la guerre. Frontons et leurs soutaches[7] d'ombre et de feu, hennissements des chevaux, péplums disparaissant à l'angle d'une colonnade, le sort a tout passé chez vous à cette couleur d'orage qui m'impose pour la première fois le relief de l'avenir. Il n'y a rien à faire. Vous êtes dans la lumière de la guerre grecque.

---

6. Lustrés : mis en avant, a fait briller.
7. Soutaches : galons servant d'ornement.

HECTOR. – Et c'est ce que pensent aussi les autres Grecs ?

ULYSSE. – Ce qu'ils pensent n'est pas plus rassurant. Les autres Grecs pensent que Troie est riche, ses entrepôts magnifiques, sa banlieue fertile. Ils pensent qu'ils sont à l'étroit sur du roc. L'or de vos temples, celui de vos blés et de votre colza, ont fait à chacun de nos navires, de vos promontoires, un signe qu'il n'oublie pas. Il n'est pas très prudent d'avoir des dieux et des légumes trop dorés.

HECTOR. – Voilà enfin une parole franche... La Grèce en nous s'est choisi une proie. Pourquoi alors une déclaration de guerre ? Il était plus simple de profiter de mon absence pour bondir sur Troie. Vous l'auriez eue sans coup férir[8].

ULYSSE. – Il est une espèce de consentement à la guerre que donnent seulement l'atmosphère, l'acoustique et l'humeur du monde. Il serait dément d'entreprendre une guerre sans l'avoir. Nous ne l'avions pas.

HECTOR. – Vous l'avez maintenant !

ULYSSE. – Je crois que nous l'avons.

HECTOR. – Qui vous l'a donné contre nous ? Troie est réputée pour son humanité, sa justice, ses arts !

ULYSSE. – Ce n'est pas par des crimes qu'un peuple se met en situation fausse avec son destin, mais par des fautes. Son armée est forte, sa caisse abondante, ses poètes en plein fonctionnement. Mais un jour, on ne sait pourquoi, du fait que ses citoyens coupent méchamment les arbres, que son prince enlève vilainement une femme, que ses enfants adoptent une mauvaise turbulence, il est

---

8. **Sans coup férir :** sans combattre.

perdu. Les nations, comme les hommes, meurent d'imperceptibles impolitesses. C'est à leur façon d'éternuer ou d'éculer[9] leurs talons que se reconnaissent les peuples condamnés... Vous avez sans doute mal enlevé Hélène...

HECTOR. – Vous voyez la proportion entre le rapt d'une femme et la guerre où l'un de nos peuples périra ?

ULYSSE. – Nous parlons d'Hélène. Vous vous êtes trompés sur Hélène, Pâris et vous. Depuis quinze ans je la connais, je l'observe. Il n'y a aucun doute. Elle est une des rares créatures que le destin met en circulation sur la terre pour son usage personnel. Elles n'ont l'air de rien. Elles sont parfois une bourgade, presque un village, une petite reine, presque une petite fille, mais si vous les touchez, prenez garde ! C'est là la difficulté de la vie, de distinguer, entre les êtres et les objets, celui qui est l'otage du destin. Vous ne l'avez pas distingué. Vous pouviez toucher impunément à nos grands amiraux, à nos rois. Pâris pouvait se laisser aller sans danger dans les lits de Sparte ou de Thèbes, à vingt généreuses étreintes. Il a choisi le cerveau le plus étroit, le cœur le plus rigide, le sexe le plus étroit... Vous êtes perdus.

HECTOR. – Nous vous rendons Hélène.

ULYSSE. – L'insulte au destin ne comporte pas la restitution.

HECTOR. – Pourquoi discuter alors ! Sous vos paroles, je vois enfin la vérité. Avouez-le. Vous voulez nos richesses ! Vous avez fait enlever Hélène pour avoir à la guerre un prétexte honorable ! J'en rougis pour la Grèce. Elle en sera éternellement responsable et honteuse.

---

9. Éculer : user.

Ulysse. – Responsable et honteuse ? Croyez-vous ! Les deux mots ne s'accordent guère. Si nous nous savions vraiment responsables de la guerre, il suffirait à notre génération actuelle de nier et de mentir pour assurer la bonne foi et la bonne conscience de toutes nos générations futures. Nous mentirons. Nous nous sacrifierons.

Hector. – Eh bien, le sort en est jeté, Ulysse ! Va pour la guerre ! À mesure que j'ai plus de haine pour elle, il me vient d'ailleurs un désir plus incoercible[10] de tuer… Partez, puisque vous me refusez votre aide…

Ulysse. – Comprenez-moi, Hector !… Mon aide vous est acquise. Ne m'en veuillez pas d'interpréter le sort. J'ai voulu seulement lire dans ces grandes lignes que sont, sur l'univers, les voies des caravanes, les chemins des navires, le tracé des grues volantes[11] et des races. Donnez-moi votre main. Elle aussi a ses lignes. Mais ne cherchons pas si leur leçon est la même. Admettons que les trois petites rides au fond de la main d'Hector disent le contraire de ce qu'assurent les fleuves, les vols et les sillages. Je suis curieux de nature, et je n'ai pas peur. Je veux bien aller contre le sort. J'accepte Hélène. Je la rendrai à Ménélas. Je possède beaucoup plus d'éloquence qu'il n'en faut pour faire croire un mari à la vertu de sa femme. J'amènerai même Hélène à y croire elle-même. Et je pars à l'instant, pour éviter toute surprise. Une fois au navire, peut-être risquons-nous de déjouer la guerre.

Hector. – Est-ce là la ruse d'Ulysse, ou sa grandeur ?

---

10. Incoercible : qu'on ne peut réprimer, retenir.
11. Grues volantes : oiseaux migrateurs qui volent par bandes.

ULYSSE. – Je ruse en ce moment contre le destin, non contre vous. C'est mon premier essai et j'y ai plus de mérite. Je suis sincère, Hector... Si je voulais la guerre, je ne vous demanderais pas Hélène, mais une rançon qui vous est plus chère[12]... Je pars... Mais je ne peux me défendre de l'impression qu'il est bien long, le chemin qui va de cette place à mon navire.

HECTOR. – Ma garde vous escorte.

ULYSSE. – Il est long comme le parcours officiel des rois en visite quand l'attentat menace... Où se cachent les conjurés ? Heureux nous sommes, si ce n'est pas dans le ciel même... Et le chemin d'ici à ce coin du palais est long... Et long mon premier pas... Comment va-t-il se faire, mon premier pas... entre tous ces périls ?... Vais-je glisser et me tuer ?... Une corniche va-t-elle s'effondrer sur moi de cet angle ? Tout est maçonnerie neuve ici, et j'attends la pierre croulante... Du courage... Allons-y.

Il fait un premier pas.

HECTOR. – Merci, Ulysse.

ULYSSE. – Le premier pas va... Il en reste combien ?

HECTOR. – Quatre cent soixante.

ULYSSE. – Au second ! Vous savez ce qui me décide à partir, Hector...

HECTOR. – Je le sais. La noblesse.

ULYSSE. – Pas précisément... Andromaque a le même battement de cils que Pénélope[13].

---

12. Une rançon qui vous est plus chère : Andromaque.
13. Pénélope : épouse d'Ulysse.

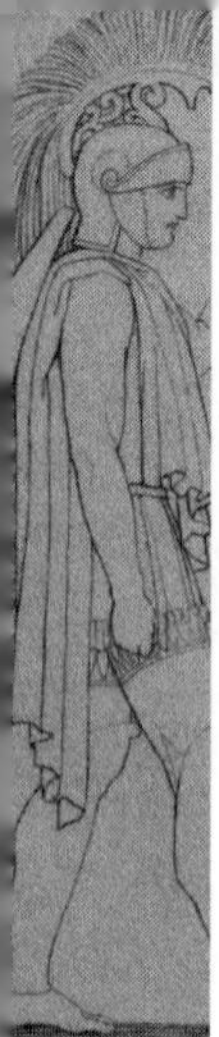

QUESTIONS SUR L'ACTE II, SCÈNE 13

AI-JE BIEN LU ?

❶ Quel est l'enjeu de l'entrevue entre Hector et Ulysse ?

❷ Sur quelle décision la scène se termine-t-elle ? Cette décision est-elle ou non porteuse d'un espoir de paix ?

J'ANALYSE LE TEXTE

Le face-à-face

❸ Quel sens donnez-vous à la première réplique d'Hector : « Et voilà le vrai combat, Ulysse » ? De quelle sorte de combat s'agit-il ?

❹ **a.** Qui est le plus âgé des deux protagonistes ? Citez le texte.
b. Qui mène la discussion ? Qui pose les questions ?
c. Qui l'emporte sur l'autre ?

La progression du dialogue

— La métaphore de la pesée

❺ Relevez les termes qui se réfèrent à la métaphore de la pesée (l. 8-40) et expliquez-la.

> L'**anaphore** est la répétition d'un mot ou d'une expression au début de plusieurs phrases ou de plusieurs propositions.

❻ Relevez l'anaphore qui structure l'échange (l. 11-35). Combien de fois est-elle répétée ? Quel est l'effet produit ?

❼ **a.** Que met chacun des hommes sur les plateaux de la balance ?
b. Montrez que leurs répliques sont symétriques.

❽ De quoi l'olivier et la chouette (l. 26 et 28) sont-ils les symboles ?

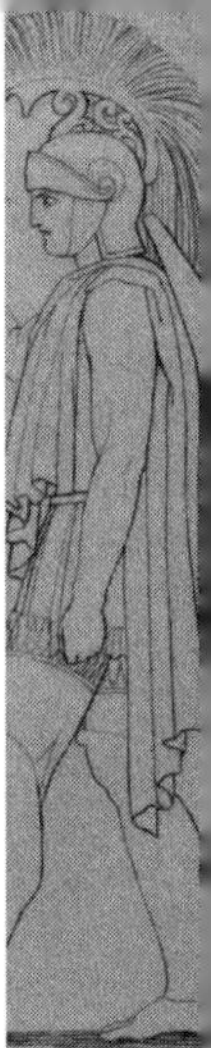

La valeur symbolique de la pesée

Dans la pièce de Giraudoux, la pesée symbolise deux attitudes face à la vie : l'une qui consiste à mettre en avant des valeurs limitées à l'humain, l'autre qui considère que l'homme est un élément du cosmos, en relation avec l'univers.

9 **a.** Quelle est l'attitude d'Hector ? Quelle est celle d'Ulysse ?
b. De quel côté la balance s'incline-t-elle ? Lequel semble l'emporter ? Relevez les deux répliques qui l'indiquent.

Une guerre inéluctable

10 **a.** Ulysse pense-t-il que les chefs d'État ont le pouvoir de décider ou non de la guerre (l. 44-81) ?
b. Que font-ils généralement avant un conflit ? Cela empêche-t-il la guerre ? Citez le texte.

L'**oxymore** est une figure de style qui réunit deux mots en apparence contradictoires. Ex : « Cette obscure clarté... »

11 Relevez un oxymore (l. 44-68) et expliquez son sens, dans le contexte évoqué par Ulysse.
12 Relevez deux phrases qui laissent penser que, pour Ulysse, la guerre est inéluctable (l. 44-68 et 71-101).
13 **a.** Quelle différence Ulysse fait-il entre « ennemis » et « adversaires » (l. 106-114) ?
b. Les Troyens et les Grecs sont-ils ennemis ou adversaires ?

Les causes des guerres

14 **a.** Quel motif peut pousser les peuples, et en l'occurrence les Grecs, à faire la guerre (l. 132-138) ?
b. L'enlèvement d'Hélène est-il la cause de la guerre ou un simple prétexte ?
15 Quels sont pour Ulysse les points de départ des guerres (l. 158-159) ?

Le rôle du destin

16 **a.** « C'est couramment celle du Destin » (l. 100-101) : pourquoi le mot « Destin » prend-il une majuscule ?

b. Relevez les verbes d'action dont le Destin est sujet (l. 84-103 et 164-171).

c. Quel est le rôle du Destin dans le déclenchement des guerres ?

d. Pourquoi les Troyens et les Grecs sont-ils destinés à se faire la guerre (l. 84-184) ?

17 Selon Ulysse, Pâris pouvait enlever impunément toutes les femmes de la Grèce, sauf Hélène. Pourquoi (l. 164-179) ?

La fin de l'échange

Le revirement d'Ulysse

18 **a.** Pourquoi Hector abandonne-t-il le combat (l. 191-194) ?

b. Quel revirement Ulysse opère-t-il soudain ? Qu'est-il prêt à faire ?

c. Le spectateur s'y attend-il ? Ce revirement permet-il un nouvel espoir ?

19 Quelle explication Ulysse donne-t-il à son attitude ? Est-elle crédible ?

La ruse contre le destin

20 « Je ruse en ce moment contre le destin » (l. 212) : quel défi Ulysse va-t-il lancer au destin à la fin de la scène 13 ? Pour quelles raisons le lance-t-il ?

21 « Mais je ne peux me défendre de l'impression qu'il est bien long, le chemin qui va de cette place à mon navire » (l. 216-218) : expliquez cette phrase d'Ulysse. Quel doute laisse-t-il planer ?

22 **a.** Face au tragique inéluctable de la guerre, Giraudoux en conclut-il que l'homme est condamné à se soumettre et n'a aucune responsabilité ?

b. Comment Ulysse et Hector tentent-ils de ne pas se faire les instruments de la guerre ?

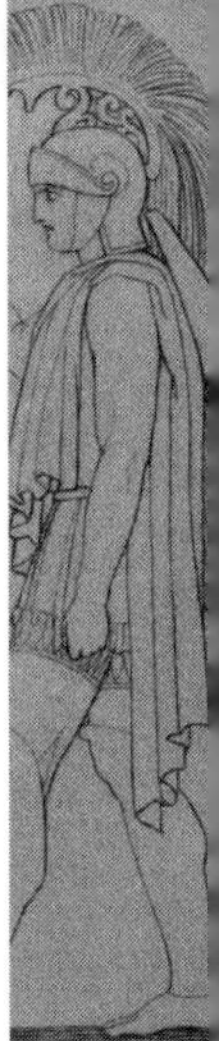

J'ÉTUDIE LA LANGUE

Vocabulaire : autour des mots « ennemi » / « adversaire »

23 « Ennemi » vient du latin *inimicus* (de *in*, négatif, et *amicus*, ami). Le mot, en latin, désigne l'ennemi privé, par opposition à l'ennemi public (*hostis*).

a. Trouvez les noms correspondant aux adjectifs « ennemi » et « hostile ».

b. Trouvez l'adjectif correspondant au nom « adversaire » dans l'expression suivante : l'équipe des adversaires → l'équipe ....

c. Donnez le sens des expressions suivantes : passer à l'ennemi ; un ennemi juré ; un adversaire loyal ; engager les hostilités.

Grammaire : les valeurs du présent

24 Distinguez dans les lignes 44-68 :

a. les verbes au présent à valeur de vérité générale ;

b. les verbes au présent d'actualité (renvoyant au moment où l'on parle ou écrit).

J'ÉCRIS

Réécriture

25 Réécrivez le passage qui va des lignes 181-184 en imaginant qu'Hector rapporte à Andromaque son échange avec Ulysse.

CONSIGNES D'ÉCRITURE

• Commencez par : *Sous ses paroles...*

• Remplacez les marques de la 2e personne du pluriel par celles de la 3e personne du singulier ou du pluriel.

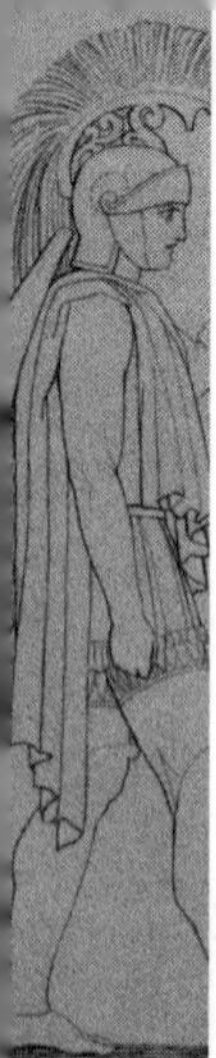

POUR ALLER PLUS LOIN

L'actualisation du mythe

La pièce de Giraudoux s'inscrit dans une situation angoissante de montée des périls.

Dans cette scène, Giraudoux fait allusion, à travers les paroles d'Ulysse, à la situation politique qui était celle de 1935.

Après le traité de Versailles qui a mis fin à la guerre en 1919, les pactes et les traités sont négociés difficilement entre les anciens belligérants.

La rencontre entre chefs d'État sur une terrasse au bord d'un lac (l. 44-68) évoque les conférences qui ont eu lieu à Locarno sur le lac Majeur, Lausanne sur le lac Léman et Stresa au bord du lac Majeur.

À Locarno (en 1925), la France, l'Allemagne et la Belgique s'engagèrent, entre autres, à maintenir les frontières telles qu'elles avaient été fixées par le traité de Versailles de 1919 et à respecter la démilitarisation de la Rhénanie.

À Lausanne (en 1932), les gouvernements réglèrent le problème des réparations de guerre dues par l'Allemagne et prévues par le traité de Versailles.

À Stresa (en 1935), Français, Anglais et Italiens signèrent un accord afin d'empêcher toute tentative allemande de modifier le traité de Versailles après l'abrogation unilatérale par l'Allemagne des clauses militaires du traité de Versailles le 16 mars 1935.

Mais cette conférence tourna à l'échec avec l'expédition italienne en Éthiopie en octobre 1935 et après le pacte naval anglo-allemand du 18 juin 1935.

Giraudoux perçoit les dangers que ces graves événements font peser sur la paix. Le pessimisme de Giraudoux est donc pleinement justifié. Son inquiétude et son pessimisme seront confortés avec la politique menée par Hitler les années suivantes.

Scène quatorzième

ANDROMAQUE, CASSANDRE, HECTOR, ABNÉOS, puis OIAX, puis DÉMOKOS

HECTOR. – Tu étais là, Andromaque ?

ANDROMAQUE. – Soutiens-moi. Je n'en puis plus !

HECTOR. – Tu nous écoutais ?

ANDROMAQUE. – Oui. Je suis brisée.

HECTOR. – Tu vois qu'il ne faut pas désespérer...

ANDROMAQUE. – De nous peut-être. Du monde, oui... Cet homme est effroyable. La misère du monde est sur moi.

HECTOR. – Une minute encore, et Ulysse est à son bord... Il marche vite. D'ici l'on suit son cortège. Le voilà déjà en face des fontaines. Que fais-tu ?

ANDROMAQUE. – Je n'ai plus la force d'entendre. Je me bouche les oreilles. Je n'enlèverai pas mes mains avant que notre sort soit fixé...

HECTOR. – Cherche Hélène, Cassandre !

Oiax entre sur la scène, de plus en plus ivre.
Il voit Andromaque de dos.

CASSANDRE. – Ulysse vous attend au port, Oiax. On vous y conduit Hélène.

OIAX. – Hélène ! Je me moque d'Hélène ! C'est celle-là que je veux tenir dans mes bras.

CASSANDRE. – Partez, Oiax. C'est la femme d'Hector.

OIAX. – La femme d'Hector ! Bravo ! J'ai toujours préféré les femmes de mes amis, de mes vrais amis !

CASSANDRE. – Ulysse est déjà à mi-chemin... Partez.

OIAX. – Ne te fâche pas. Elle se bouche les oreilles. Je peux donc tout lui dire, puisqu'elle n'entendra pas. Si je la touchais, si je l'embrassais, évidemment ! Mais des paroles qu'on n'entend pas, rien de moins grave.

CASSANDRE. – Rien de plus grave. Allez, Oiax !

Oiax, pendant que Cassandre essaie par la force de l'éloigner d'Andromaque et que Hector lève peu à peu son javelot.

Tu crois ? Alors autant la toucher. Autant l'embrasser. Mais chastement[1] !... Toujours chastement, les femmes des vrais amis ! Qu'est-ce qu'elle a de plus chaste, ta femme, Hector, le cou ? Voilà pour le cou... L'oreille aussi m'a un gentil petit air tout à fait chaste ! Voilà pour l'oreille... Je vais te dire, moi, ce que j'ai toujours trouvé de plus chaste chez la femme... Laisse-moi !... Laisse-moi !... Elle n'entend pas les baisers non plus... Ce que tu es forte !... Je viens... Je viens... Adieu. *(Il sort.)*

Hector baisse imperceptiblement son javelot. À ce moment Démokos fait irruption.

DÉMOKOS. – Quelle est cette lâcheté ? Tu rends Hélène ? Troyens, aux armes ! On nous trahit... Rassemblez-vous... Et votre chant de guerre est prêt ! Écoutez votre chant de guerre !

HECTOR. – Voilà pour ton chant de guerre.

DÉMOKOS, TOMBANT. – Il m'a tué !

1. **Chastement** : d'une façon innocente, pudique.

Mise en scène de Louis Jouvet, Paris, théâtre de l'Athénée, novembre 1935.

Hector. – La guerre n'aura pas lieu, Andromaque !

Il essaie de détacher les mains d'Andromaque qui résiste, les yeux fixés sur Démokos. Le rideau qui avait commencé à tomber se relève peu à peu.

Abnéos. – On a tué Démokos ! Qui a tué Démokos ?

Démokos. – Qui m'a tué ?... Oiax !... Oiax !... Tuez-le !

Abnéos. – Tuez Oiax !

Hector. – Il ment. C'est moi qui l'ai frappé.

Démokos. – Non. C'est Oiax...

Abnéos. – Oiax a tué Démokos... Rattrapez-le !... Châtiez-le !

Hector. – C'est moi, Démokos, avoue-le ! Avoue-le, ou je t'achève !

Démokos. – Non, mon cher Hector, mon bien cher Hector. C'est Oiax ! Tuez Oiax !

Cassandre. – Il meurt, comme il a vécu, en coassant.

Abnéos. – Voilà... Ils tiennent Oiax... Voilà. Ils l'ont tué !

Hector, détachant les mains d'Andromaque.

Elle aura lieu.

Les portes de la guerre s'ouvrent lentement. Elles découvrent Hélène qui embrasse Troïlus.

Cassandre. – Le poète troyen est mort... La parole est au poète grec[2].

Le rideau tombe définitivement

2. Le poète grec : Homère, auteur de l'*Iliade* qui raconte la guerre de Troie.

QUESTIONS SUR L'ACTE II, SCÈNE 14

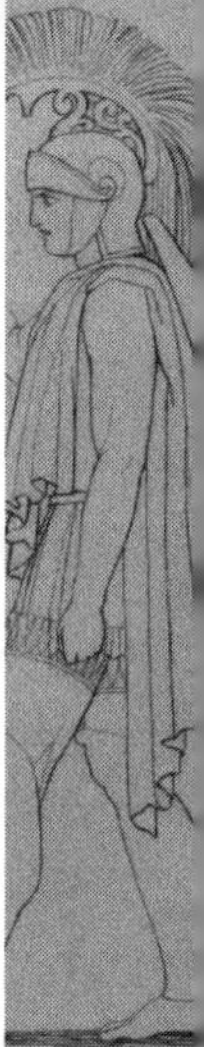

AI-JE BIEN LU ?

1 **a.** Qui sont les trois personnages présents au début de la scène ?
b. Lequel a assisté, caché, à la discussion entre Hector et Ulysse ?

2 **a.** Quel est l'état d'Oiax lorsqu'il entre en scène ? Quel comportement a-t-il envers Andromaque ?
b. Comment Hector réagit-il ?

3 Pourquoi Hector tue-t-il Démokos ?

4 Qui Démokos désigne-t-il comme son meurtrier ? Quelle est la conséquence de son mensonge ?

5 Qui Hélène embrasse-t-elle à la fin de la scène ?

J'ANALYSE LE TEXTE

Les craintes d'Andromaque

6 « Tu vois qu'il ne nous faut pas désespérer » : quelles raisons Hector a-t-il d'espérer au début de la scène ?

7 « Cet homme est effroyable » : de qui Andromaque parle-t-elle ? Expliquez cette remarque.

8 **a.** Relevez les termes et les phrases de forme négative qui témoignent de la détresse d'Andromaque (l. 1-13).
b. Comment Hector tente-t-il de la rassurer ? Y réussit-il ?

9 Pourquoi Andromaque se bouche-t-elle les oreilles ?

Le dénouement

— La violence d'Oiax

10 **a.** Comment Oiax provoque-t-il Hector ?
b. Qui l'empêche d'aller jusqu'au bout de son désir ?

11 **a.** Comment Andromaque réagit-elle face à l'agression d'Oiax ?
b. Pourquoi Hector ne venge-t-il pas l'affront subi ?

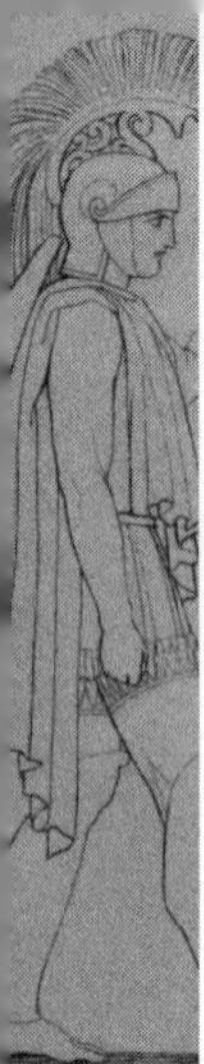

Un double dénouement : la mort de Démokos

12 **a.** Pour quelle raison Démokos appelle-t-il aux armes ?
b. Comment Hector le fait-il taire ?

13 **a.** En quoi la phrase « Il m'a tué ! » est-elle ambigüe ?
b. Combien de fois Démokos affirme-t-il que son meurtrier est Oiax ? Pourquoi ?
c. Comment Démokos a-t-il finalement réussi à rendre la guerre de Troie inévitable ? En quoi s'agit-il d'un coup de théâtre ?

Une guerre absurde

Hector, instrument du destin

14 **a.** « La guerre n'aura pas lieu » (l. 43), « Elle aura lieu » (l. 57) : quelle est la part de responsabilité d'Hector ?
b. Montrez qu'Hector est devenu à son tour l'instrument du destin. Quelle est l'ironie de la situation ?
c. La métaphore du « tigre » évoquée par Cassandre dans la scène 1 de l'acte I prend-elle sens ici ?

Une guerre pour rien

15 **a.** En quoi le tableau final montrant Hélène et Troïlus en train de s'embrasser fait-il l'effet d'un coup de théâtre ?
b. En quoi cette vision renforce-t-elle l'absurdité de la guerre ?

Une mise en scène « parlante »

Le rôle des didascalies

16 Relevez les didascalies. Quels types d'indications fournissent-elles ? En quoi contribuent-elles à la tension dramatique ?

Le décor : les portes de la guerre

17 **a.** Que signifie l'ouverture des portes de la guerre ? Quel effet l'emploi de l'adverbe « lentement » produit-il ?
b. Pour quelle raison Giraudoux a-t-il choisi de faire s'embrasser Hélène et Troïlus derrière les portes de la guerre ?

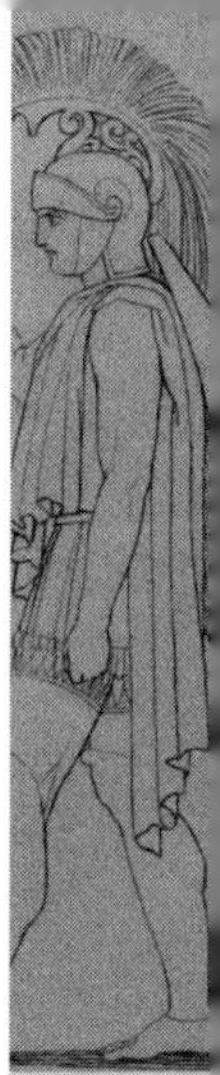

Une trouvaille scénique : le rideau

18 « Le rideau qui avait commencé à tomber se relève peu à peu », « Le rideau tombe définitivement ».

a. Sur quelles paroles et quels actes le rideau se relève-t-il et retombe-t-il ?

b. Montrez que le sort des hommes peut basculer le temps d'un lever et d'un baisser de rideau.

Les derniers mots de la pièce

19 **a.** Quel personnage a le dernier mot ?

b. Qui sont le « poète troyen » et le « poète grec » ?

c. De quel côté est la mort ? De quel côté est la vie ? Quel mot symbolise sa transmission ?

d. La postérité ne connaîtra qu'une version de la tragédie de Troie. Est-ce celle du vainqueur ou du vaincu ?

La comparaison début-fin

20 Quelle réplique d'Hector à la fin de la scène 14 fait écho à la première réplique de la pièce, prononcée par Andromaque ?

> *La guerre de Troie n'aura pas lieu*, créée en 1935, s'inscrit dans la période appelée « l'entre-deux-guerres ». Les références à cette période parcourent toute la pièce.

21 Quelle a été la durée de l'action ? Montrez que la pièce se présente comme un intervalle entre deux guerres.

J'ÉTUDIE LA LANGUE

Vocabulaire : autour de la paix et de la guerre

22 Complétez avec un mot de la famille de « paix » ou de « guerre » (du latin *bellum*). Aidez-vous de la liste : belliciste, pacifiste, belliqueux, pacifisme, rebelle, pacifiquement, pacification, pacifique.

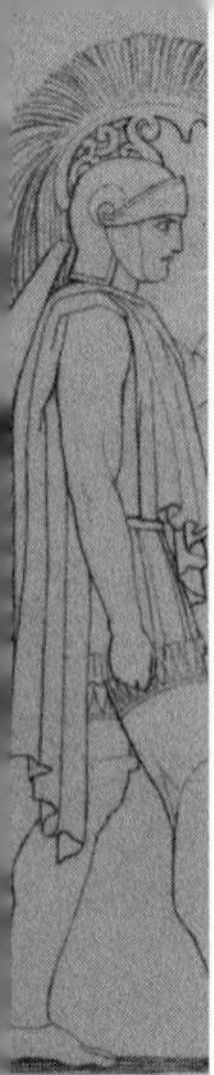

a. un mouvement .... (= pour la paix).
b. un peuple .... (= qui aime la paix).
c. faire œuvre de .... (= action de ramener la paix).
d. Le retour à l'ordre s'est fait .... (= dans la paix).
e. un peuple .... (= qui aime la guerre).
f. les puissances .... (= qui prennent part à la guerre).
g. un comportement .... (= qui est partisan de la guerre).
h. des troupes .... (= qui se révoltent contre l'autorité).

J'ÉCRIS

Inventer un autre dénouement

23 Imaginez que Démokos n'ait pas eu le temps d'accuser Oiax de sa mort et qu'Ulysse ait pu partir avec Hélène.
Écrivez une dernière scène entre Andromaque, Hector et Cassandre dans laquelle ces trois personnages exprimeront leur soulagement et envisageront sereinement l'avenir.

CONSIGNES D'ÉCRITURE
- Indiquez le nom des personnages avant les répliques.
- Insérez des didascalies exprimant le soulagement des personnages et l'amour que se portent Hector et Andromaque.
- Évoquez l'avenir de Troie, débarrassée de la crainte de la guerre.
- Vous pouvez même faire apparaître la Paix qui, ici, se montrera dans toute sa splendeur.

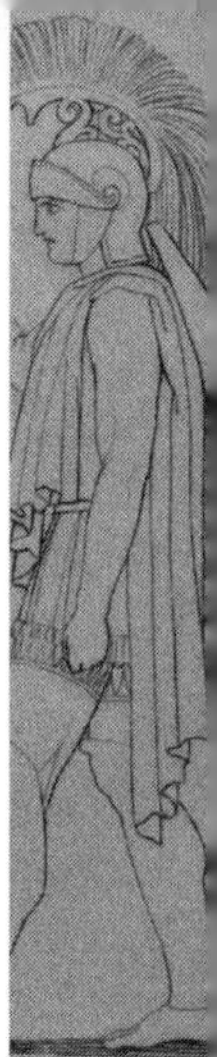

L'ATELIER JEU

Mots croisés : les personnages

1 Retrouvez les noms des personnages en remplissant la grille à l'aide des définitions suivantes.

1. Je suis le chef des armées troyennes.
2. Je ne prédis que des catastrophes.
3. Je suis le roi de Troie.
4. Je suis la mère de cinq des personnages de la pièce.
5. Je suis connu pour mes ruses.
6. J'ai enlevé Hélène.
7. J'aime mon époux et j'attends un enfant.
8. Je suis grec, rude et impoli et souvent ivre.
9. J'ai menti pour provoquer la guerre.
10. Je suis très jeune et secrètement amoureux d'Hélène.
11. Je suis une petite fille.
12. Je suis la plus belle femme du monde.

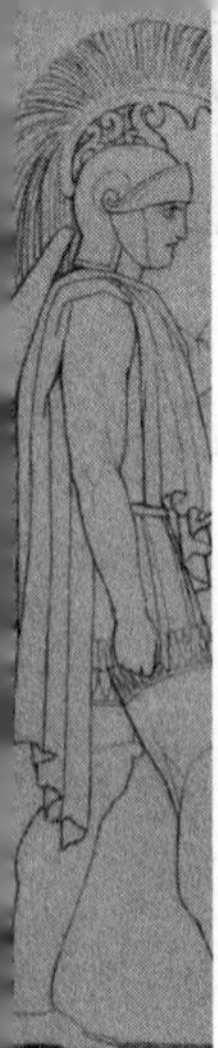

Pacifistes ou bellicistes ?

2 Classez les personnages suivants, tous Troyens, selon qu'ils appartiennent au clan de la paix ou au clan de la guerre. Répondez sous forme de tableau.
a. Hector. **b.** le Géomètre **c.** les vieillards. **d.** Hécube. **e.** Démokos. **f.** Priam. **g.** Andromaque. **h.** la foule. **i.** Pâris.

Mots d'esprits

3 Dans les phrases suivantes, certains mots ont été effacés. Retrouvez-les, en vous aidant au besoin de cette liste :
repeuplé – une terrasse – guerre – ruptures – distantes – paix.
a. L'amour comporte des moments vraiment exaltants, ce sont les .... **b.** Un seul être vous manque, et tout est .... **c.** Il aime les femmes .... mais de près. **d.** Le privilège des grands, c'est de voir les catastrophes d'.............. . **e.** Il suffit de chanter un chant de .... avec grimace et gesticulation pour qu'il devienne un chant de ....

Anachronismes

4 Rappelez ce qu'est un anachronisme. Puis classez les expressions suivantes selon que les termes utilisés renvoient à l'Antiquité ou au monde moderne.
a. Le bruit [...] que fait le régiment d'hoplites.
b. Et ils se retournent de leur calèche pour sourire.
c. La lance qui a glissé contre mon bouclier a soudain sonné faux.
d. Je vais solennellement fermer les portes de la guerre.
e. Elle [Hélène] est notre baromètre, notre anémomètre !
f. Les entrailles des victimes sont contre le renvoi d'Hélène.
g. Elles me traitent de garce.
h. Cela ne tire pas sur mon foie ou ma rate quand Pâris m'abandonne pour le jeu de boules.

Hélène et Andromaque au cœur de la guerre de Troie

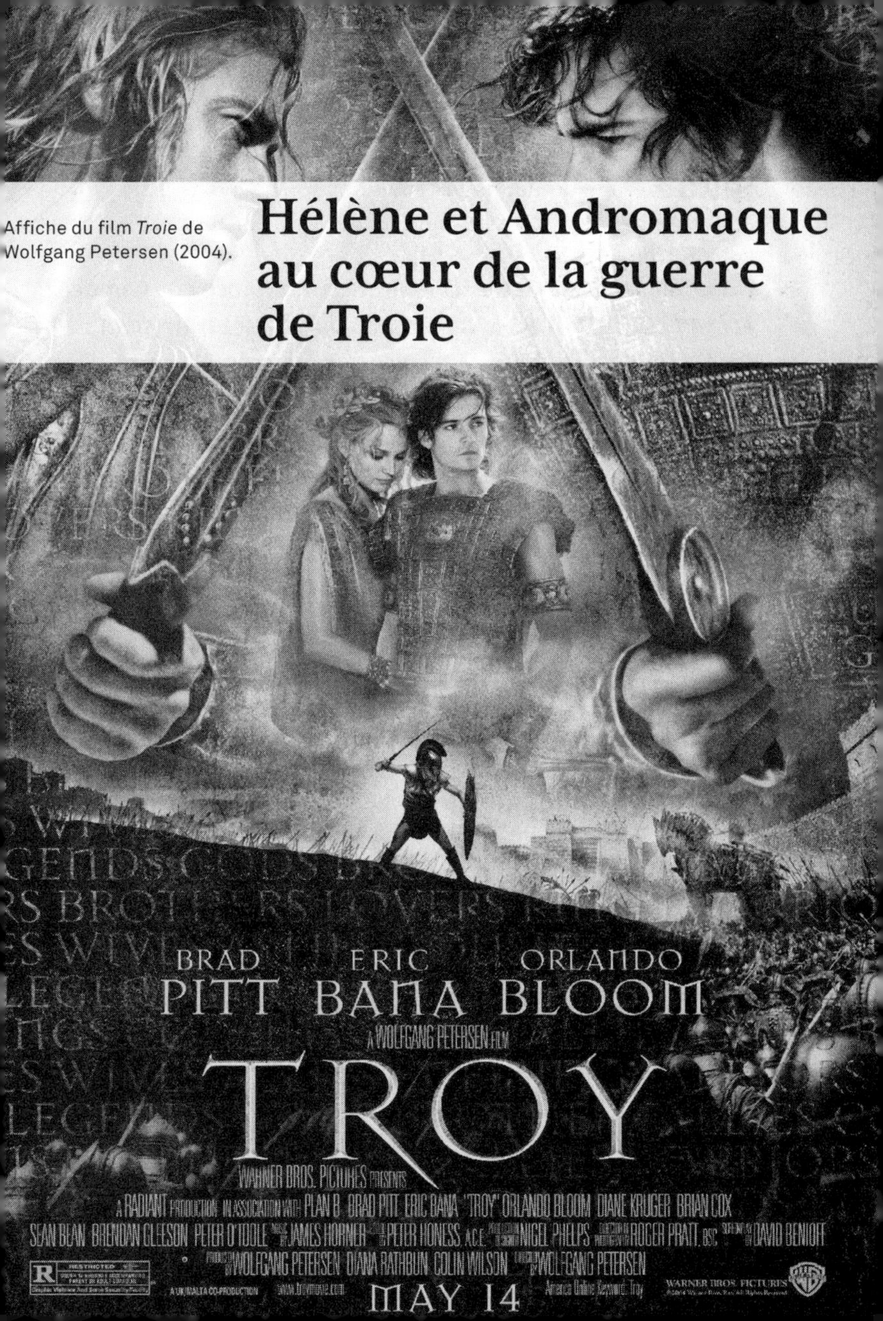

Affiche du film *Troie* de Wolfgang Petersen (2004).

TEXTE 1 HOMÈRE

Iliade

On ne sait rien sur la vie d'Homère. Il aurait vécu au VIIIe *siècle avant J.-C. ; les Grecs le représentaient sous les traits d'un aède (poète chanteur), barbu et aveugle, qui allait de village en village pour réciter ses poèmes en s'accompagnant d'une lyre. Homère est considéré comme l'auteur de deux épopées : l'*Iliade *et l'*Odyssée.
*L'*Iliade *raconte les combats entre Grecs et Troyens lors de la guerre de Troie qui se serait déroulée vers 1250 avant J.-C.*
Dans le chant VI, la bataille fait rage, les Grecs causent des ravages dans les rangs troyens. Hector quitte le champ de bataille et regagne Troie pour demander à sa mère d'implorer la pitié d'Athéna. Avant de retourner au combat, il cherche à revoir une fois encore, peut-être la dernière, son épouse bien-aimée et son fils Astyanax. Il les trouve à la porte Scée, sur les remparts de Troie.

Hector cherche Andromaque, son épouse, mais il n'y a personne dans sa demeure. Il interroge les servantes :
– Où est-elle ? Chez mes sœurs ? Mes belles sœurs ? Au temple d'Athéna à implorer elle aussi la déesse ? Non ! Elle a su que les Troyens reculaient et que les Achéens[1] avaient presque la victoire ! Comme une folle, elle est partie avec son fils et la nourrice qui le porte. Elle est montée jusque sur les remparts et là, debout face à la plaine, elle pleure.

1. Les Achéens : les Grecs.

Comment la retrouver ? Le temps presse, Hector doit regagner la bataille et secourir ses soldats, mais pas sans revoir une dernière fois sa femme et son fils... Il court dans les rues, le souffle court, le cœur serré. Il atteint la porte Scée[2], celle qu'il lui faut franchir pour regagner la plaine[3], et soudain, il aperçoit Andromaque, pâle, les yeux rougis. Elle accourt à sa rencontre et derrière elle, dans les bras de sa nourrice, son fils. Hector lui sourit. Faudra-t-il qu'il perde ce bonheur, sa femme et son fils, sous les coups achéens ? Maudit soit Pâris qui les a entraînés dans cette guerre sans fin !

Andromaque en pleurs s'approche de lui et lui prend la main :

– Ton courage, Hector, te perdra ! Ton fils est encore trop petit pour voir mourir son père. Tu le sais, les Achéens se jetteront sur toi et te tueront. Il vaudrait mieux, lorsque tu ne seras plus là, que je meure aussi, car je n'aurai plus personne sur qui compter. Mon père est mort, Achille l'a tué, et mes sept frères aussi. Ma mère est morte à cause de lui. Hector, tu es tout pour moi, un père, une mère chérie, un frère autant qu'un époux jeune et fort. Reste ici, avec nous, dans la ville ! Regarde-nous. Ne fais pas de ton fils un orphelin, de ta femme une veuve. Ne remonte pas en première ligne sur le champ de bataille ! Poste-toi plutôt près du figuier qui sert de repère, là où la ville est la plus accessible. C'est par là que les chefs achéens tentent de

---

2. Porte Scée : porte de la ville qui menait au camp des Grecs.
3. La plaine : le champ de bataille.

franchir les murs de la cité. C'est de là aussi que tu peux défendre Troie.

– J'ai conscience de tout ce qui peut vous arriver, comme toi, répond Hector bouleversé, mais j'ai honte en pensant que les Troyens et leurs épouses pourraient croire que je cherche à éviter la bataille comme un lâche ! Non, c'est impossible ! Je dois montrer ma bravoure[4] à la tête de leur armée et offrir la gloire à mon père Priam. Oui, je le sais, Troie avec Priam devront périr un jour, mais si je m'angoisse pour l'avenir, ce n'est pas tant pour les Troyens ou pour ma mère Hécube, non, c'est uniquement pour toi. Si l'un des Achéens t'emmène en pleurs, ce sera la fin de ta liberté. Là-bas en Argos[5], tu tisseras la toile et porteras l'eau de la source comme une esclave, contrainte d'obéir. Et si, en voyant couler tes larmes, quelqu'un dit : « C'est la femme d'Hector, qui fut, de tous les Troyens aux chevaux bien domptés, le plus valeureux[6] au moment de la guerre de Troie », cela ravivera ta douleur puisque je n'aurai pas su être là pour te protéger de l'esclavage. Ah, que je meure et que je sois enfoui sous un amas de terre pour ne pas entendre tes cris, le jour où tu seras traînée comme une esclave.

Hector tend les bras vers son fils. Mais l'enfant se détourne et se blottit contre sa nourrice. Il crie, effrayé par son père. Son casque d'airain[7], et surtout son panache avec ses longs crins de cheval qui se balancent lui font peur. Hector rit et Andromaque aussi.

---

4. Bravoure : courage.
5. Argos : ville du Péloponnèse où règne Agamemnon.
6. Valeureux : qui a su montrer sa valeur au combat, courageux.
7. Airain : bronze.

Il retire aussitôt son casque et le pose par terre. Hector embrasse son fils, le berce dans ses bras. Le tenant contre lui, il invoque Zeus :

– Faites que mon fils, comme moi, se distingue entre tous les Troyens, qu'il se montre aussi fort, qu'il règne sur Troie. Et qu'un jour quelqu'un dise, en le voyant revenir du combat : « Il est plus valeureux encore que son père ! »

Le visage grave, il rend l'enfant à Andromaque. Elle rit et pleure à la fois. En la regardant, il est pris d'une immense douleur. Il la caresse et lui parle doucement :

– Allons, cesse de pleurer et de t'angoisser ! Personne ne pourra m'envoyer au royaume des Morts chez Hadès, avant l'heure fixée. Mais un mortel, brave ou lâche, tu le sais, n'échappe jamais à son destin. Rentre maintenant, ne reste pas sur les remparts, et occupe-toi des travaux dont tu as la charge. Laisse aux hommes les soucis de la guerre, à tous ceux qui sont troyens, et à moi qui combats pour toi, en premier.

Hector remet son casque. Andromaque repart chez elle avec son fils et sa nourrice. Elle se retourne et se retourne encore. Elle pleure. Quand elle arrive dans sa demeure, ses servantes en la voyant éclatent en sanglots. Elles se lamentent sur Hector, dans sa propre maison. Il est pourtant encore en vie. Elles ont peur qu'il ne revienne plus jamais ici.

Homère, *Les héros de l'Iliade*, chant VI, adapté par Martine Laffon, © Le Livre de Poche Jeunesse, 2009.

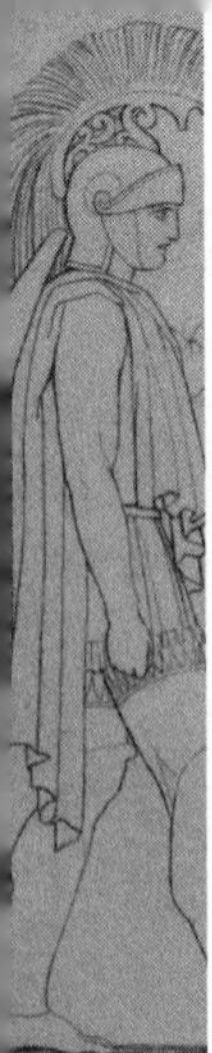

QUESTIONS SUR LE TEXTE 1

AI-JE BIEN LU ?

1 **a.** Dans quel lieu Hector retrouve-t-il son épouse ?
b. Pourquoi est-elle là ?

2 Quels sont les personnages présents lors de cette scène d'adieux ? Où Hector se rend-il ensuite ?

J'ANALYSE LE TEXTE

Une scène familiale

3 **a.** « Comme une folle » (l. 6), « Elle pleure » (l. 8-9), « le cœur serré » (l. 13), « pâle » (l. 15), « les yeux rougis » (l. 15), « bouleversé » (l. 39) : à quel champ lexical ces mots appartiennent-ils ?
b. Quel est l'état psychologique de chacun des époux ? Pour quelle raison ?

4 **a.** Quelle prière Andromaque adresse-t-elle à Hector ? Appuyez-vous sur les phrases de type injonctif (l. 23-37).
b. Quelles raisons avance-t-elle pour essayer de le convaincre ? Appuyez-vous sur le lexique de la mort.

5 Par quels arguments Hector essaie-t-il de la rassurer (l. 73-80) ?

6 **a.** Pour quelle raison Astyanax se met-il à pleurer lorsque son père veut le prendre dans ses bras ?
b. À quels détails s'aperçoit-on que ce guerrier est un père attentionné ? et un mari amoureux ?

7 Relevez le vocabulaire des émotions dans le texte. Comment qualifieriez-vous cette scène d'adieu ?

Un chef de guerre responsable

8 Hector est-il conscient de l'issue de cette guerre ? Relevez la phrase qui l'indique (l. 38-57).

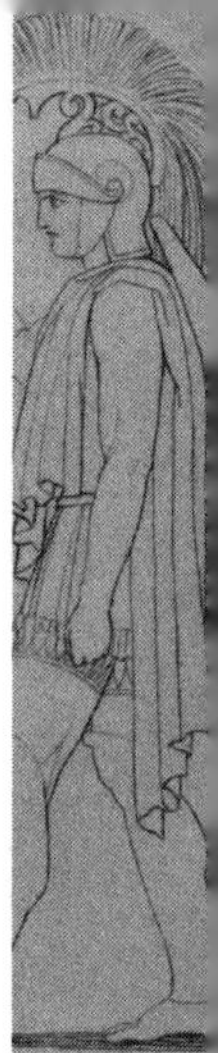

9 Pourquoi refuse-t-il de céder aux prières d'Andromaque (l. 8-43) ?

10 **a.** Relevez les passages qui montrent qu'Hector est un chef soucieux de ses hommes (l. 38-57).
b. Quelle image de lui veut-il laisser aux Troyens et à la postérité (l. 38-57 et 66-72) ?

11 Quel avenir souhaite-t-il à son fils ? Comment l'expliquez-vous ?

La réalité de la guerre

12 Quel sort attend les femmes des peuples vaincus, y compris les reines et les princesses ? Citez le texte.

Homère et Giraudoux

13 **a.** Retrouvez dans la pièce de Giraudoux (acte I, scène 3 ; acte II, scènes 11 et 14) les passages qui témoignent de l'amour exceptionnel qui unit Hector à Andromaque.
b. Dans cet extrait, Homère fait allusion à la mort du père et des frères d'Andromaque ; quel passage de la scène 3 de l'acte I de *La guerre de Troie n'aura pas lieu* fait également allusion à ces morts.

J'ÉTUDIE LA LANGUE

Grammaire : conjugaison

14 « Ah, que je **meure** et que je **sois enfoui** sous un amas de terre pour ne pas entendre tes cris » (l. 54-56).
a. Identifiez le mode, le temps et l'infinitif des verbes en gras.
b. Lequel est à la forme passive ?

TEXTE 2 PIERRE DE RONSARD

Sonnets pour Hélène

Pierre de Ronsard (1524-1585) est un poète français majeur de la Renaissance. Ses poèmes lyriques développent les thèmes de l'amour, de la nature et de la fuite du temps.

Les Sonnets pour Hélène, *recueil de poèmes paru en 1578, sont dédiés à Hélène de Surgères, fille d'honneur de Catherine de Médicis. La jeune fille avait perdu son fiancé à la guerre et restait inconsolable. La reine invita Ronsard à lui écrire des vers. Le poète célèbre la beauté de la jeune fille dont il est tombé amoureux et qu'il compare à Hélène de Troie.*

Portrait de Ronsard, gravure, XVIIIe siècle.

Il ne faut s'ébahir[1], disaient ces bons vieillards[2]
Dessus le mur troyen, voyant passer Hélène,
Si pour telle beauté nous souffrons tant de peine :
Notre mal ne vaut pas un seul de ses regards.

Toutefois il vaut mieux, pour n'irriter point Mars[3],
La rendre à son époux[4], afin qu'il la remmène,
Que voir de tant de sang notre campagne pleine,
Notre havre gagné[5], l'assaut de nos remparts.

Pères[6], il ne fallait, à qui la force tremble[7],
Par un mauvais conseil les jeunes retarder ;
Mais, et jeunes et vieux, vous deviez tous ensemble

Et le corps et les biens pour elle hasarder[8].
Ménélas fut bien sage et Pâris, ce me semble,
L'un de la demander, l'autre de la garder[9].

Pierre de Ronsard, *Sonnets pour Hélène*.

---

1. S'ébahir : s'étonner.
2. Ces bons vieillards : les vieillards troyens. Souvenir d'Homère (*Iliade*, chant III, vers 156-160). Les vieux chefs troyens siégeant sur les remparts admirent la beauté d'Hélène, mais ne pensent pas qu'elle vaut une guerre.
3. Mars : dieu de la guerre.
4. Son époux : Ménélas.
5. Notre havre gagné : notre port envahi.
6. Pères : Ronsard s'adresse aux vieillards.
7. À qui la force tremble : Ronsard souligne la faiblesse des vieillards.
8. Pour elle hasarder : vous deviez tout sacrifier pour garder Hélène.
9. La garder : la retenir.

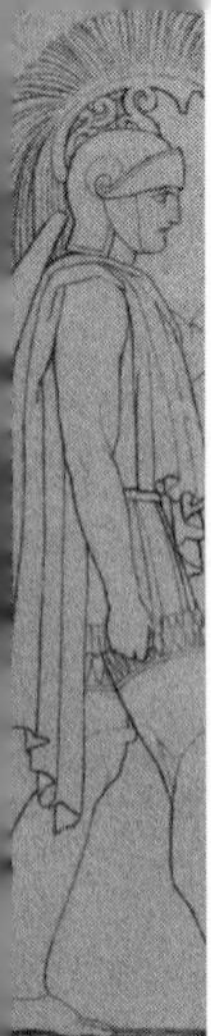

QUESTIONS SUR LE TEXTE 2

AI-JE BIEN LU ?

1 **a.** Les vieillards troyens admirent-ils la beauté d'Hélène ?
b. Sont-ils pour autant prêts à faire la guerre pour elle ?
2 Le poète partage-t-il leur avis ?

J'ANALYSE LE TEXTE

La forme du poème : le sonnet

Un **sonnet** est un poème de forme fixe composé de deux quatrains et de deux tercets.
On appelle mètre la mesure du vers. On distingue par exemple les alexandrins (douze syllabes) et les décasyllabes (dix syllabes).

3 **a.** Quel est le mètre utilisé dans ce sonnet ?
b. Comment les rimes sont-elles disposées ?
4 **a.** Qui parle dans les deux quatrains ?
b. Qui répond dans les deux tercets ? Relevez le pronom personnel qui l'indique.

La beauté d'Hélène

5 **a.** Le poète esquisse une petite scène en quelques mots (v. 1-2) : quel en est le décor ? Qui sont les personnages?
b. À quel passage de la scène 6 de l'acte I de la pièce de Giraudoux ces deux premiers vers vous font-ils penser ?
6 **a.** Quels termes soulignent la beauté d'Hélène (v. 3-4) ?
b. Montrez, à partir d'un champ lexical, que cette beauté est associée à la souffrance.

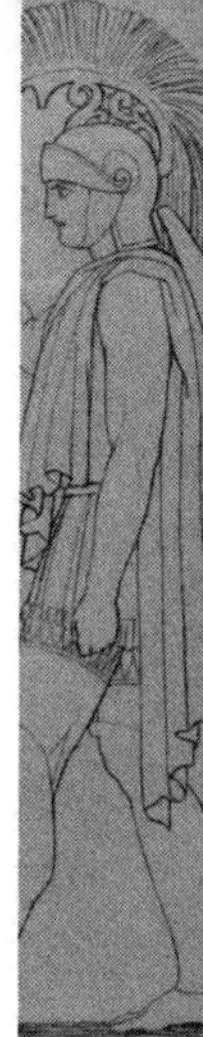

Le conseil des vieillards

7 **a.** Quelle opposition notez-vous dans les propos des vieillards entre le premier et le second quatrain ? Quel terme introduit cette opposition ?
b. « Il vaut mieux » (v. 5) : que vaut-il mieux pour eux ? Pour quelle raison ? Appuyez-vous sur le champ lexical des vers 7-8.

La position de Ronsard

L'**enjambement** est un procédé qui consiste à faire « déborder » une phrase d'un vers sur le suivant. Ronsard l'utilise dans ce poème pour créer un élan et un dynamisme qui contrastent avec la sagesse réfléchie des « vieillards ».

8 Relevez deux vers reliés par un enjambement dans les tercets. Quel semble être l'avis du poète à travers ces deux vers ?
9 « Ménélas fut bien sage et Pâris » (v. 13) : montrez qu'à la sagesse des vieillards, Ronsard oppose une nouvelle sagesse. Laquelle ?
10 Comment Ronsard vieillissant, à travers ce poème, traduit-il indirectement sa passion pour Hélène de Surgères ?

TEXTE 3 JEAN RACINE

Andromaque

Jean Racine (1639-1699), dramaturge français, fait jouer en 1667 la tragédie Andromaque. *L'action de la pièce se situe un an après la chute de Troie. Andromaque, veuve du prince troyen Hector, est prisonnière de Pyrrhus, roi d'Épire et fils d'Achille, le meurtrier de son époux. Les Grecs réclament la mort d'Astyanax, le fils qu'elle a eu avec Hector, de crainte qu'il ne venge un jour son père. Mais Pyrrhus, épris de la jeune femme, exerce sur elle un chantage : soit elle l'épouse et il sauvera Astyanax, soit elle refuse et il livrera l'enfant aux Grecs. Céphise, confidente d'Andromaque, lui conseille d'épouser Pyrrhus, Andromaque lui répond…*

ANDROMAQUE
[…]
Dois-je oublier Hector privé de funérailles,
Et traîné sans honneur autour de nos murailles[1] ?
Dois-je oublier son père[2] à mes pieds renversé,
Ensanglantant l'autel qu'il tenait embrassé ?
Songe, songe, Céphise, à cette nuit cruelle
Qui fut pour tout un peuple une nuit éternelle[3].
Figure-toi Pyrrhus, les yeux étincelants,
Entrant à la lueur de nos palais brûlants,

1. **Nos murailles :** évocation de la mort d'Hector ; Achille vainqueur a traîné le cadavre d'Hector autour de Troie.
2. **Son père :** Pyrrhus a tué le roi Priam au pied de l'autel où chaque famille célébrait le culte des dieux domestiques.
3. **Une nuit éternelle :** Andromaque se remémore la nuit de la prise de Troie.

Sur tous mes frères morts se faisant un passage,
Et de sang tout couvert échauffant[4] le carnage.
Songe aux cris des vainqueurs, songe aux cris des mourants,
Dans la flamme étouffés, sous le fer expirants.
Peins-toi dans ces horreurs Andromaque éperdue[5] :
Voilà comme[6] Pyrrhus vint s'offrir à ma vue ;
Voilà par quels exploits il sut se couronner ;
Enfin voilà l'époux que tu me veux donner.
Non, je ne serai point complice de ses crimes ;
Qu'il nous prenne, s'il veut, pour dernières victimes.
Tous mes ressentiments lui seraient asservis[7].

CÉPHISE
Hé bien ! allons donc voir expirer votre fils :
On n'attend plus que vous. Vous frémissez, Madame

ANDROMAQUE
Ah ! de quel souvenir viens-tu frapper mon âme !
Quoi, Céphise, j'irai voir expirer encor
Ce fils, ma seule joie, et l'image d'Hector ?
Ce fils, que de sa flamme il me laissa pour gage[8] ?
Hélas ! je m'en souviens, le jour que son courage
Lui fit chercher Achille, ou plutôt le trépas[9],
Il demanda son fils, et le prit dans ses bras :
« Chère épouse, dit-il en essuyant mes larmes,

---

4. Échauffant : encourageant.
5. Éperdue : folle de douleur.
6. Comme : comment.
7. Elle ne pourrait plus lui garder rancune si elle l'épousait.
8. Ce fils qu'il me laissa comme témoin de son amour.
9. Le trépas : la mort.

J'ignore quel succès le sort garde à mes armes[10] ;
Je te laisse mon fils pour gage de ma foi[11] :
S'il me perd, je prétends[12] qu'il me retrouve en toi.
Si d'un heureux hymen[13] la mémoire t'est chère,
Montre au fils à quel point tu chérissais le père. »
Et je puis voir répandre un sang si précieux ?
Et je laisse avec lui périr tous ses aïeux ?
Roi barbare, faut-il que mon crime l'entraîne[14] ?
Si je te hais, est-il coupable de ma haine ?
T'a-t-il de tous les siens reproché le trépas ?
S'est-il plaint à tes yeux des maux qu'il ne sent pas[15] ?
Mais cependant, mon fils, tu meurs si je n'arrête
Le fer[16] que le cruel tient levé sur ta tête.
Je l'en puis détourner, et je t'y vais offrir ?
Non, tu ne mourras point, je ne le puis souffrir[17].
Allons trouver Pyrrhus. Mais non, chère Céphise,
Va le trouver pour moi.

Racine, *Andromaque*, acte III, scène 8 (extrait).

---

10. J'ignore quelle va être l'issue du combat.
11. Mon fils est le témoin de mon engagement envers toi.
12. Je prétends : je veux.
13. Hymen : mariage.
14. Que mon crime l'entraîne : que le crime de ne pas t'aimer entraîne mon fils avec moi dans la mort.
15. Qu'il ne sent pas : dont il ne se rend pas compte.
16. Le fer : celui du poignard ou de l'épée.
17. Souffrir : supporter.

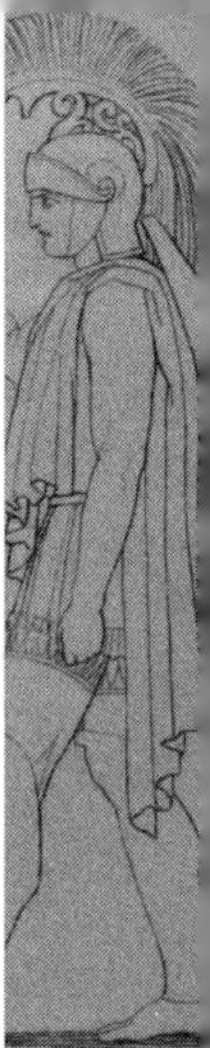

QUESTIONS SUR LE TEXTE 3

AI-JE BIEN LU ?

❶ Qui sont ces personnages les uns par rapport aux autres : Andromaque et Céphise ; Pyrrhus et Achille ; Andromaque, Hector et Astyanax ; Pyrrhus et Andromaque ?
❷ Quelle action le père de Pyrrhus a-t-il accomplie, que ne peut lui pardonner Andromaque ?
❸ Quelle proposition Pyrrhus a-t-il faite à Andromaque ? Quel personnage en est l'enjeu ?
❹ **a.** Céphise conseille-t-elle à Andromaque d'accepter ou de refuser cette proposition ?
b. Quelle décision Andromaque prend-elle à la fin du passage ?

J'ANALYSE LE TEXTE

Le dilemme d'Andromaque

> Un **dilemme** est une situation dans laquelle une personne se trouve face à deux choix contradictoires et aussi insatisfaisants l'un que l'autre.

❺ **a.** Qui Andromaque trahit-elle si elle épouse Pyrrhus ?
b. Qui condamne-t-elle à mort si elle refuse de l'épouser ?
❻ Montrez en citant le texte qu'Andromaque hésite, semble prendre une décision puis une autre (fin de la première tirade, début et fin de la deuxième).
❼ **a.** Quels personnages Andromaque interpelle-t-elle successivement dans les vers 35-44 ?
b. En quoi l'interpellation de ces deux personnages traduit-elle le déchirement intérieur d'Andromaque ?

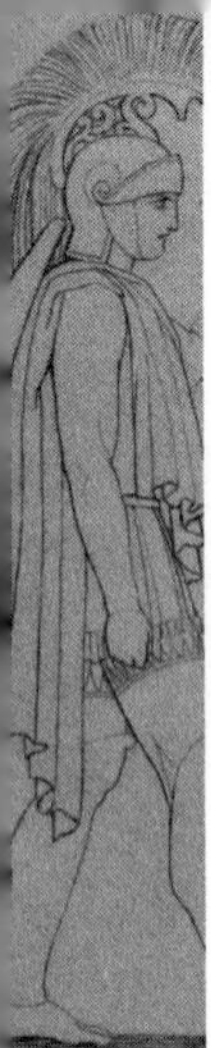

Un souvenir cruel

> L'**anaphore** est la répétition d'un mot ou d'une expression en début de proposition ou de vers.

8 **a.** Relevez les anaphores (v. 1-12). À quel champ lexical appartiennent-elles ?
b. Que souhaite prouver Andromaque en utilisant ces formules ?

Une vision épique

> L'**épopée** raconte des événements grandioses qui mettent en jeu le destin d'une nation. Elle amplifie la réalité, transfigure les héros, crée des effets de dramatisation.

9 **a.** Quel souvenir Andromaque a-t-elle gardé de la prise de Troie et du rôle qu'y a joué Pyrrhus ?
b. Montrez qu'elle en donne une vision épique et visionnaire. Appuyez-vous sur le lexique du feu, du sang, du carnage.
10 Quelle anaphore Andromaque utilise-t-elle vers 14-16 ?

Le souvenir d'Hector

11 En quoi le souvenir d'Hector contraste-t-il avec la violence de la prise de Troie ?
12 Par quel procédé Andromaque fait-elle revivre son époux (v. 29-34) ? Quel effet ce procédé produit-il sur le spectateur ?
13 **a.** Quelles sont les dernières volontés d'Hector pour son fils ?
b. Que représente dès lors ce fils pour sa mère ? Citez le texte.
c. Quelle image se dégage du couple et de l'enfant ?

Le rôle de Céphise

14 **a.** Quel était l'argument utilisé par Céphise pour ébranler Andromaque (v. 20-21) ?
b. Cet argument vous semble-t-il avoir été efficace ? Justifiez.

TEXTE 4 ODILE GANDON

Hélène

Quel fut le sort d'Hélène après la guerre de Troie ? C'est la question à laquelle répond Odile Gandon dans son ouvrage Dieux et héros de l'Antiquité.

Quand, au terme de cette guerre, Ménélas rentre à Sparte avec Hélène, après un long et difficile voyage qui les entraîne en Égypte et dans les îles de la Méditerranée, ils se sont réconciliés. Elle est si belle que même les plus haineux parmi les Grecs – qui ont pourtant toutes les raisons du monde de lui en vouloir – se laissent attendrir. Tant que Ménélas vivra, Hélène aura une vie heureuse à Sparte. Mais à la mort de son époux, elle fut chassée du royaume par son propre fils Nicostratos et trouva refuge à Rhodes chez Polyxo, une amie d'enfance, dont le mari avait été tué à la guerre de Troie. Polyxo fit mine de l'accueillir selon toutes les règles de l'hospitalité. Mais pendant qu'Hélène était dans son bain, elle envoya contre elle ses servantes déguisées en Érinyes[1] avec pour mission de la tuer. Hélène mourut pendue à un arbre. C'est ainsi, dit-on, que fut punie celle qui avait provoqué une guerre épouvantable et meurtrière.

Odile Gandon, *Dieux et héros de l'Antiquité*, « Hélène », p. 148-149, LPJ © Hachette Jeunesse.

1. Érinyes : déesses de la vengeance, chargées de punir les coupables. Elles portent des torches et des fouets ; leurs cheveux sont entremêlés de serpents.

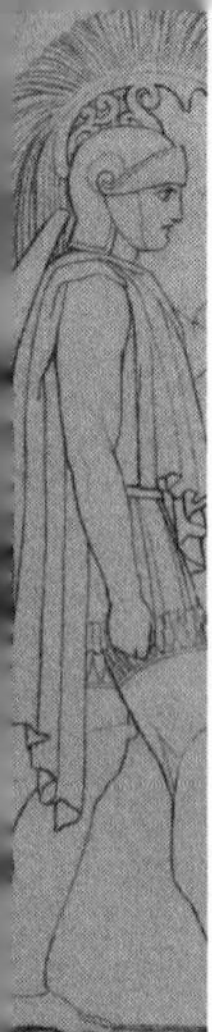

QUESTIONS SUR LE TEXTE 4

AI-JE BIEN LU ?

❶ Quelles furent les étapes du voyage de retour de Ménélas et d'Hélène ?

❷ Quels sentiments les époux éprouvent-ils l'un envers l'autre ?

❸ **a.** Comment les Grecs se comportent-ils vis-à-vis d'Hélène ?
b. Par quelle qualité de la jeune femme sont-ils toujours fascinés ?

❹ **a.** Pourquoi Hélène doit-elle quitter Sparte après la mort de Ménélas ?
b. Dans quel lieu se rend-elle ?

❺ **a.** Quel personnage organise sa mort ? Pourquoi ?
b. En quoi s'agit-il d'une trahison ?

❻ De quelle façon Hélène meurt-elle ?

DÉBATTRE

La punition d'Hélène

❼ Hélène « fut punie » : a-t-elle, selon vous, mérité cette punition ? Exprimez votre opinion lors d'un débat en classe.

POUR ALLER PLUS LOIN

Lire un extrait d'Euripide

Le poète tragique Euripide adopte, dans sa pièce Hélène, *une autre version de la légende : Pâris a ramené à Troie non pas Hélène, mais son fantôme ; quant à la véritable Hélène elle s'est réfugiée en Égypte, où elle a été accueillie par le roi Protée. Après la mort de ce roi, son fils, Théoclymène, se dispose à l'épouser contre son gré, lorsque survient Ménélas, jeté en Égypte par la tempête. Il a laissé son équipage sur le rivage et mis à l'abri son épouse fantôme qui l'accompagne. Il se retrouve face à une jeune femme qui ressemble étrangement à Hélène…*

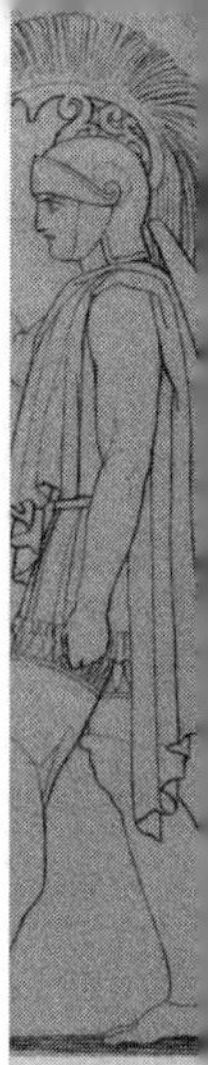

Hélène retrouve Ménélas

MÉNÉLAS. – Qui es-tu, femme ? Quels traits ont frappé ma vue ? [...]
HÉLÈNE. – Je suis Grecque. À ton tour, apprends-moi qui tu es.
MÉNÉLAS. – Je te trouve la plus entière ressemblance avec Hélène.
HÉLÈNE. – Et moi, je te trouve tout semblable à Ménélas : je ne sais que dire. [...] Ô que tu as tardé à venir dans les bras de ton épouse !
MÉNÉLAS. – Quelle épouse ?... Ne touche pas à mes vêtements. [...] Je ne suis certes pas le mari de deux femmes. [...]
HÉLÈNE. – En me voyant, ne reconnais-tu pas ton épouse ?
MÉNÉLAS. – Oui, l'image est fidèle, elle ébranle ma certitude. [...]
HÉLÈNE. – Je ne suis point allée à Troie, c'est un fantôme à ma place. [...] Héra fit cette substitution, pour empêcher Pâris de me posséder.
MÉNÉLAS. – Comment donc étais-tu à la fois en ces lieux et à Troie ?
HÉLÈNE. – Mon nom pouvait être en plusieurs lieux à la fois, mais non mon corps. [...]
MÉNÉLAS. – Laisse-moi ; j'ai déjà bien assez d'infortunes. [...] Adieu, toi qui ressembles tant à Hélène !
HÉLÈNE. – Je me meurs : je n'ai retrouvé mon époux que pour le perdre.

Ménélas apprend que son épouse a soudain disparu, au moment même où il a rencontré la véritable Hélène. Usant d'un subterfuge, le couple qui s'est retrouvé réussit à tromper le roi Théoclymène et retourne à Sparte.

Euripide (480-406 av. J.-C.), *Hélène*, traduit du grec par M. Artaud, 1842.

1 Pourquoi Ménélas est-il troublé à la vue d'Hélène ? Citez trois expressions par lesquelles il évoque la ressemblance entre son épouse et Hélène.
2 **a.** Quelle explication Hélène lui donne-t-elle ?
b. Ménélas y croit-il ?
3 Quelle déesse est à l'origine de la situation ? Pourquoi selon vous (référez-vous au jugement de Pâris, p. 8) ?
4 Le couple finira-t-il par se retrouver ?
5 Que pensez-vous de cette version de la légende ?

La guerre de Troie à travers les arts

La guerre de Troie et ses origines ont inspiré de nombreuses œuvres d'art de l'Antiquité à nos jours, dans des domaines très divers : céramique, sculpture, littérature, peinture, cinéma...

1. Les arts du quotidien : la céramique

Le nom céramique vient du grec *kéramikos* qui signifie « argile ». On désigne par céramique l'art de la poterie.

La poterie athénienne s'est développée à partir du VIe siècle avant J.-C. Elle est l'œuvre des artistes potiers et peintres. Les potiers façonnaient avec de l'**argile** des vases dont la forme, la taille et le volume variaient selon l'utilisation qui en était faite.

Dans les **cratères**, vases à large ouverture, on mélangeait le vin et l'eau que l'on transférait dans un pot appelé **œnochoé** ; ce pot muni d'un bec verseur permettait de transvaser la boisson dans les **coupes** à boire. Le **cratère en cloche** ressemble à une cloche retournée. Son corps, très large et dépourvu de col, est doté de petites anses horizontales en position haute.

Les **amphores**, de forme ovale, servaient à conserver les aliments ; les **stamnos** étaient des cruches à vin, les **hydries** des cruches à eau à trois anses ; les **lécythes** des vases très élancés à une seule anse qui contenaient des huiles parfumées.

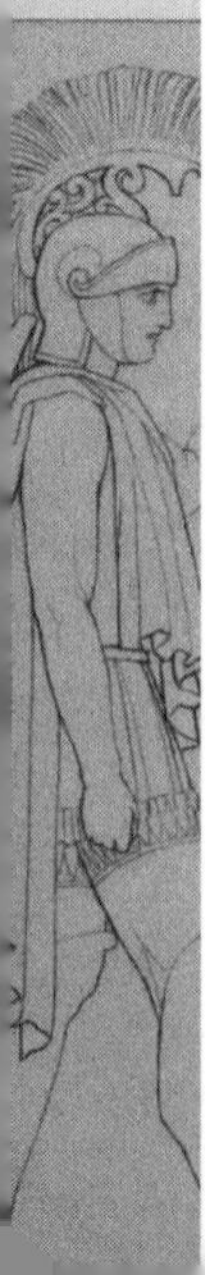

Les peintres décorent les vases de **motifs variés** : scènes mythologiques, scènes de la vie quotidienne, scènes de guerre, jeux sportifs... Ils jouent avec deux couleurs : le noir du vernis et la gamme des rouges née de la cuisson de l'argile.

On distingue deux **techniques de décoration** :

– dans la plus ancienne, les figures sont gravées et peintes avec un vernis noir **sur fond de terre cuite**. À la cuisson, seul le fond reste rouge, couleur de l'argile du vase.

– par la suite apparaît la technique de la **figure rouge sur fond noir** (vers 530-520 avant J.-C.) : les peintres enduisent le vase de vernis noir à l'exception des figures qui, laissées en réserve, gardent, après cuisson, la couleur de l'argile. L'artiste travaille ensuite les détails au pinceau. Avec cette technique, l'expression des visages et le détail des corps et des drapés sont mieux rendus.

Les épisodes de la guerre de Troie sont un motif récurrent ainsi qu'en attestent bon nombre de vases. Parmi ceux-ci, un **célèbre cratère en cloche** représentant Hélène et Pâris.

► LE QUESTIONNAIRE ASSOCIE À CETTE IMAGE SE TROUVE P. 188

2. Les arts du visuel : peinture et cinéma

— La peinture

Le **mythe de la guerre de Troie** et plus particulièrement le personnage d'**Hélène** ont inspiré de nombreux peintres. À la fin du XVIIIe **siècle** le courant **néo-classique** remet à l'honneur l'idéal classique de l'Antiquité gréco-latine. Le peintre Jacques Louis David (1748-1825) s'est particulièrement illustré dans ce mouvement, avec des œuvres comme *Le Serment des Horaces* (1784) ou *Les Amours de Pâris et d'Hélène* (1788).

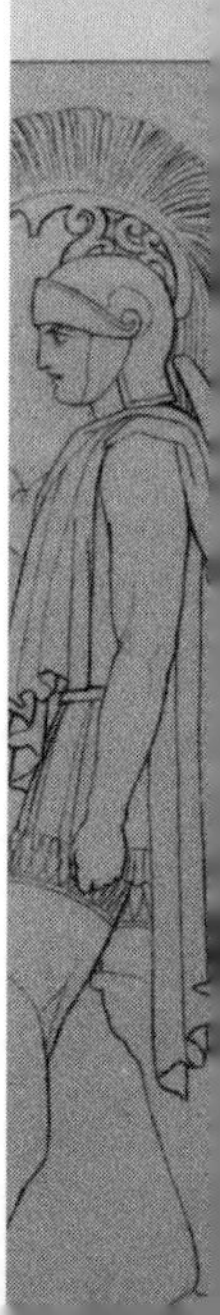

► VOUS TROUVEREZ LA REPRODUCTION EN NOIR ET BLANC DU TABLEAU DE DAVID EN P. 11 DE CET OUVRAGE.

Au XXe siècle, Giorgio De Chirico (1888-1978), peintre et sculpteur italien, réalise une huile sur toile, *Hector et Andromaque* (1917, 1924). Dans un premier temps, l'artiste, installé à Paris, rompt avec la peinture traditionnelle : il crée un **univers étrange** peuplé de personnages inquiétants tout autant que le cadre qui les entoure. On y voit des éléments architecturaux qui projettent des ombres accentuées, des sculptures antiques qui se confondent avec les **mannequins des ateliers de couture**.

Cette œuvre, que Chirico qualifie de « **métaphysique** » (elle cherche à représenter ce qu'il y a au-delà de l'apparence physique de la réalité), suscite l'enthousiasme des surréalistes Breton et Eluard.

Puis vient une rupture. Dans les années 1920, Chirico, installé à Rome, étudie les maîtres anciens et se tourne vers un style classique et réaliste.

▶ LE QUESTIONNAIRE ASSOCIE À CETTE IMAGE SE TROUVE P. 189

— Le cinéma

Le **péplum** (qui vient du latin *peplum*, emprunté au mot grec ancien *péplos* signifiant « tunique »), dans sa définition la plus large, est un genre cinématographique de fiction historique qui raconte un épisode de l'Antiquité. En 2004, le film *Troie* de Wolfgang Petersen avec Brad Pitt, Peter O'Toole et Orlando Bloom connaît un vif succès. Vous trouverez la reproduction en noir et blanc de l'affiche du film Troie en p. 165 de cet ouvrage.

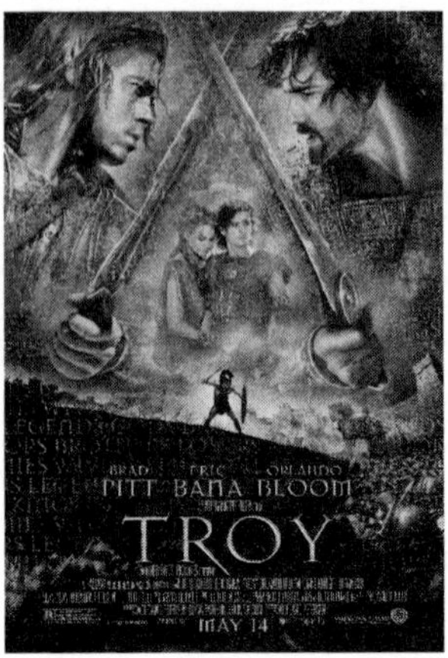

▶ LE QUESTIONNAIRE ASSOCIE À CETTE IMAGE SE TROUVE P. 190

3. Les arts du langage : la littérature

Dès l'Antiquité la littérature a souvent repris les légendes du cycle de Troie. Ainsi Euripide, dans les tragédies *Andromaque* (426 avant J.-C.), *Les Troyennes* (415 avant J.-C.) et *Hélène* (412 avant J.-C.), Virgile, dans le poème épique l'*Énéide* (entre 29 et 19 avant J.-C.) et Ovide dans les livres XII et XIII des *Métamorphoses* (entre 2 et 8 de notre ère).
En 1578, Ronsard dans les *Sonnets pour Hélène* consacre son poème « Il ne faut s'ébahir... » à Hélène de Troie, Shakespeare écrit *Troïlus et Cressida* (vers 1602), et Racine *Andromaque* (1667).

4. Les arts du spectacle vivant : les mises en scène

Louis Jouvet, en 1935, crée, au théâtre de l'Athénée, une première mise en scène de la pièce : aux côtés de Jouvet, dans le rôle d'Hector, jouent Pierre Renoir (Ulysse) et Madeleine Ozeray (Hélène).
En 1962 la pièce est reprise par **Jean Vilar**, au palais des Papes à Avignon. La distribution réunit Vilar (Ulysse), Daniel Ivernel (Hector), Jean-Louis Trintignant (Pâris), Christiane Minazzoli (Hélène).
La pièce est reprise au TNP, à Chaillot en 1963, Pierre Vaneck et Robert Etcheverry interprétant les rôles d'Hector et de Pâris. Les décors et costumes renvoient à l'esthétique dépouillée des mises en scène de Vilar.
Les mises en scènes plus récentes sont celles de **Jean Mercure** en 1971, de **Jacques Mauclair** en 1975, de **Nicolas Briançon** en 2006, au théâtre Sylvia-Montfort à Paris, et de **Francis Huster** en 2013 qui joue le rôle d'Hector.

► LE QUESTIONNAIRE ASSOCIE À CETTE IMAGE SE TROUVE P. 190

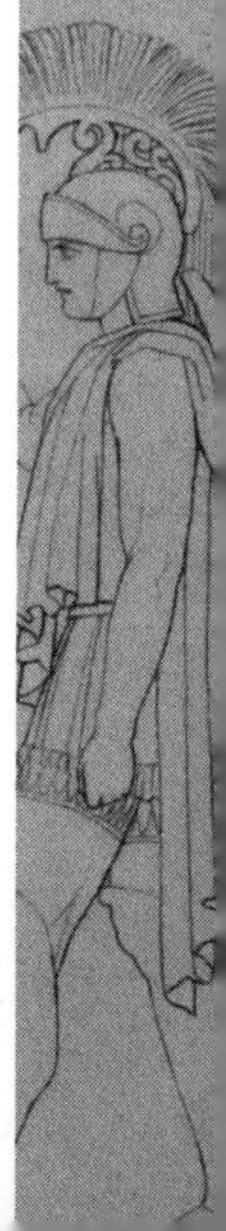

ÉTUDIER UN VASE : CRATÈRE REPRÉSENTANT HÉLÈNE ET PÂRIS

Vous trouverez cette œuvre en 2e de couverture de cet ouvrage.

L'IDENTIFICATION DU VASE

Ce vase est un **cratère en cloche**, ainsi appelé parce qu'il ressemble à une cloche retournée.

1 Quelle est la forme d'un cratère ? À quel usage ce récipient était-il destiné ?

2 De quelle époque celui-ci date-t-il ? Où est-il conservé ?

3 **a.** Quelle est la couleur du fond ? Et des personnages ?
b. Quelle est la technique utilisée pour obtenir ce résultat ?

4 Quel graphisme l'artiste a-t-il choisi pour la frise du bas ?

LA SCÈNE REPRÉSENTÉE

5 Quelle est la scène représentée ? En quoi est-ce une scène intime ?

6 **a.** Quels éléments d'architecture antique y figurent ?
b. Quel objet occupe le centre de la scène ? Sur quoi est-il posé ? Que renferme-t-il ?

7 Décrivez Hélène (attitude, vêtements, coiffure). Quelle image l'artiste a-t-il voulu donner d'elle ?

8 **a.** Comment Pâris est-il vêtu ? Quel type de bonnet porte-t-il ?
b. À quels détails voit-on qu'il est un guerrier ?

9 Dans quelle direction les personnages regardent-ils ?

10 Observez le dessin. Le trait est-il précis ? Les détails sont-ils nombreux ? Quel est l'effet produit ?

11 **a.** Quels détails, notamment sur les vêtements, se retrouvent ausi bien dans le tableau de David (p. 11) que sur le vase ?
b. Quelle continuité pouvez-vous établir entre une céramique antique et un tableau du XIXe siècle ?

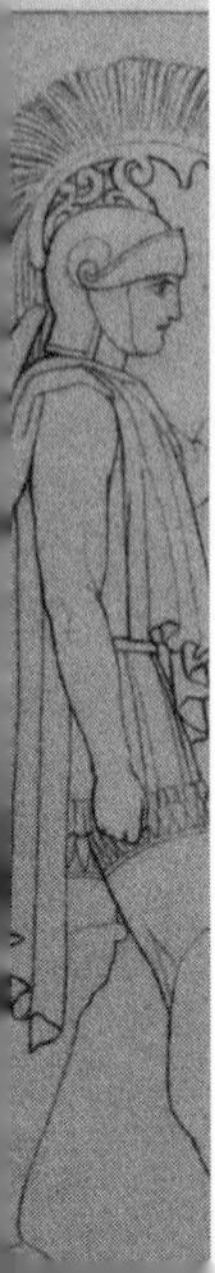

ÉTUDIER UN TABLEAU : *HECTOR ET ANDROMAQUE*, GIORGIO DE CHIRICO

Vous trouverez cette œuvre en 3e de couverture de cet ouvrage.

LA NATURE DE L'ŒUVRE

1 Indiquez les dimensions du tableau, la date de composition, le lieu où il est conservé. Quelle est la technique utilisée ?

UNE REPRÉSENTATION DU COUPLE

2 Quelle scène le peintre a-t-il représentée ?

3 Quelle place le couple occupe-t-il dans le tableau ?

4 **a.** Ces personnages ne sont pas humains : que sont-ils ? Quel est néanmoins le détail des silhouettes qui relève de l'humain ?
b. De quels éléments les corps sont-ils composés ?
c. À quels détails distingue-t-on Hector d'Andromaque ?

5 Quels éléments d'architecture encadrent les personnages ?

6 **a.** Quelle est la couleur de l'arrière-plan ?
b. Que peut représenter la bande jaune ?

7 Quelles sont les couleurs utilisées pour les personnages et le décor ? Sont-elles chaudes ou froides ? Quel est l'effet produit ?

8 Observez les ombres du bâtiment et des personnages. Vous paraissent-elles réalistes ?

L'INTERPRÉTATION

9 Comment les personnages se tiennent-ils l'un par rapport à l'autre ? De quel(s) sentiment(s) cette attitude est-elle révélatrice ?

10 Quelle impression ce tableau produit-il sur vous ? L'aimez-vous ? Développez votre réponse.

11 Retrouvez dans l'extrait de l'*Iliade* (p. 166) le passage que pourrait illustrer ce tableau.

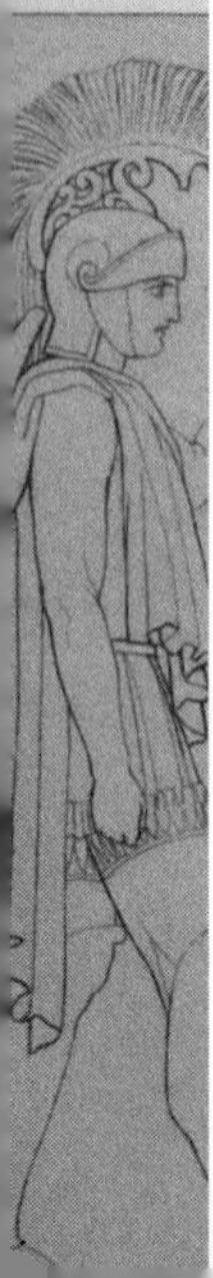

ÉTUDIER UNE PHOTO, UN TABLEAU, UNE AFFICHE DE FILM

Vous trouverez ces œuvres en 1re de couverture, en p. 11 et en p. 165.

PHOTO DE COUVERTURE

❶ Indiquez le nom du metteur en scène, des actrices, le lieu et l'année de la représentation.
❷ À quels détails identifiez-vous Andromaque et Cassandre ?
❸ Comment, dans les costumes et le mobilier, le metteur en scène réussit-il à allier Antiquité et modernité ?
❹ À quel moment de la pièce la photographie a-t-elle été prise ?

TABLEAU DE DAVID (p. 11)

❶ Identifiez la date de l'œuvre, son lieu de conservation et la technique utilisée.
❷ **a.** À quel mouvement pictural cette œuvre se rattache-t-elle ?
b. Quels éléments renvoient à l'Antiquité ?
❸ **a.** Décrivez le décor, les personnages.
b. À quels détails voit-on qu'il s'agit d'une scène d'intimité ?
❹ Comment le peintre a-t-il soigné la beauté des corps et des visages ?

AFFICHE DU FILM *TROIE* (p. 165)

❶ Identifiez le titre du film, sa date de sortie, les noms du metteur en scène et des principaux comédiens ?
❷ Qui est le couple représenté ? Comment est-il mis en valeur ?
❸ Pourquoi Achille et Hector sont-ils en gros plan au-dessus du couple ? Que font-ils ? Quelle est l'expression de leur visage ?
❹ **a.** Quelle ville figure à l'arrière-plan ?
b. Expliquez la présence du guerrier au second plan. Quel élément, à droite, rappelle un épisode célèbre de la guerre de Troie ?

INDEX

Les notions

Les exercices sur la langue

Les exercices d'écriture

Les exercices de mise en scène

Débattre

Pour aller plus loin

TABLE ICONOGRAPHIQUE

Iconographie : Hatier Illustrations
Graphisme : Mecano – Laurent Batard
Mise en pages : Alinéa
Édition : Raphaële Patout

Achevé d'imprimer par Black Print CPI Iberica S.L.U - Espagne
Dépôt légal 99138-7/01 - avril 2015